さけ

菜菜子、第二外語
發展語研中心 ／著

みそ
ラーメン

全圖解！
日語會話
口說便利本

こんにちは！

にぎりすし

看圖學日語就是快，食衣住行‧育樂‧工作……，
7大生活主題，100個情境會話，
一次學會最常用的生活日語，立即開口說！

にほん

看得到的通通用日語說出來！

　　學了一、二年日語，碰到日本人怎麼還是「あのう……あのう……」！

　　所有日語學習者最棘手的，就是遇到真實場景，背了一大堆的句型卻派不上用場，出門時該説什麼？用餐點菜時要如何表達？不會使用自動售票機時該怎麼求救？「失礼します。」是掛電話的時候説？還是進門的時候用？到底什麼時候該説什麼話？

　　本書解決了日語學習的困擾，以彩色圖像畫面記憶，主題對話立即脱口而出，再加上反覆聆聽情境對話CD，會話技巧必定日臻成熟！本書特別企劃了日常生活中經常發生的情境，包括居家生活、交通、工作、外出用餐、購物、人際關係以及休閒生活七大主題，寫實呈現100個情境對話，並特別收錄像垃圾分類、等紅綠燈、業績報告、電腦聊天室、服裝改尺寸、宅配到府、算命、芳香精油等，最符合現今環境、最新流行的話題。幫助各位讀者在不同對話情境下，掌握會話的關鍵時機，説出最自然的日本語！

　　本書突破傳統語文學習書的灰白印象，每個主題對話皆搭配一頁色彩豐富的情境圖像，並附有專業日籍老師所錄製的對話CD，學習者可結合視覺與聽覺，迅速上手，並且生動如臨現場，自然而然加深日語對話的記憶。

　　現在我們所要學習的不是教科書裡的艱澀日語，而是日常生活的日語喔。一起以輕鬆又愉快的心情來學習吧！

如何使用本書

結合視覺與聽覺，日語會話從此不結巴！

看著情境彩圖，想像你是其中的
主角，角色扮演遊戲開始囉！

跟著CD練習説，日語會話上達！

每個場景至少記住一個對話喔！

重點直擊，最關鍵句型語法輕鬆解讀！

你也可以這樣説，換個
字彙試試看！

彩圖中的對話，再練習一次！

目 錄

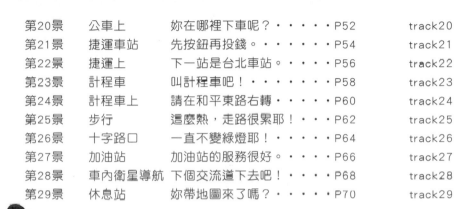

Unit3 工作

MP3-30-47

目　　錄

Unit4　外出用餐

MP3-48-56

Unit5　購物

MP3-57-66

Unit6 人際關係

MP3-67~79

目　錄

Unit**7** 休閒生活

MP3-80-100

「禮貌形」與「普通形」

日語依對話對象而有各種客氣程度之分，一般分成「禮貌形」與「普通形」。
「禮貌形」是客氣而尊敬的說話方式；「普通形」是普通平常的說話方式。跟老師、上司或長輩之間使用「禮貌形」；跟家人、同學好友之間使用「普通形」。

名詞句（A、B＝名詞）・な形容詞句（A＝名詞、B＝形容詞）

	禮貌形	普通形
非過去肯定	AはBです。	AはBだ。（AはB。）
非過去否定	AはBではありません。 （AはBじゃありません。）	AはBじゃない。
非過去肯定疑問	AはBですか。	AはB？
非過去否定疑問	AはBではありませんか。 （AはBじゃありませんか。）	AはBじゃない？
過去肯定	AはBでした。	AはBだった。
過去否定	AはBではありませんでした。 （AはBじゃありませんでした。）	AはBじゃなかった。
過去肯定疑問	AはBでしたか。	AはBだった？
過去否定疑問	AはBではありませんでしたか。 （AはBじゃありませんでしたか。）	AはBじゃなかった？

い形容詞句（A＝名詞、C＝い形容詞）

	禮貌形	普通形
非過去肯定	AはCです。	AはC。
非過去否定	AはC（✕）くないです。 （AはC（✕）くありません。）	AはC（✕）くない。
非過去肯定疑問	AはCですか。	AはC？
非過去否定疑問	AはC（✕）くないですか。 （AはC（✕）くありませんか。）	AはC？
過去肯定	AはC（✕）かったです。	AはC（✕）かった。
過去否定	AはC（✕）くなかったです。 （AはC（✕）くありませんでした。）	AはC（✕）くなかった。
過去肯定疑問	AはC（✕）かったですか。 （AはC（✕）くありませんでした。）	AはC（✕）かった？
過去否定疑問	AはC（✕）くなかったですか。 （AはC（✕）くありませんでしたか。）	AはC（✕）くなかった？

動詞句（A＝主詞、N＝名詞、V＝動詞）

	禮貌形	普通形
非過去肯定	Aが（Nを）Vます。	Aが（Nを）V原形
非過去否定	Aが（Nを）Vません。	Aが（Nを）V第一變化＋ない。
非過去肯定疑問	Aが（Nを）Vますか	Aが（Nを）V原形？
非過去否定疑問	Aが（Nを）Vませんか。	Aが（Nを）V第一變化＋ない？
過去肯定	Aが（Nを）Vました。	Aが（Nを）Vた形。
過去否定	Aが（Nを）Vませんでした。	Aが（Nを）V第一變化＋なかった。
過去肯定疑問	Aが（Nを）Vましたか。	Aが（Nを）Vた形？
過去否定疑問	Aが（Nを）Vませんでしたか。	Aが（Nを）V第一變化＋なかった？

誰でも話し上手
になれますよ。

Unit **1** 居家

一緒に日本語会話を勉強
しましょう。

出門

行ってきます！

行ってらっしゃい！

呀！要出門啊？（媽媽）
あら、出かけるの？

我去便利商店買一下香菸就回來。（兒子）
うん、ちょっとコンビニへ行ってタバコを買ってくる。

也不用在這種下雨天去嘛。
何も雨の中行かなくてもいいのに。

因為沒了嘛！媽，妳有想要我買的東西嗎？
なくなっちゃったから。お母さん、何か買ってきて欲しいものある。

那，買餅乾來給我吧？
じゃ、クッキーを買ってきてくれる？

好。哪一個牌子的都可以喔？
わかった。メーカーどこのでもいいでしょう？

可以。快去吧！
いいわよ。行ってらっしゃい！

那我走了！
行ってきます！

換個方式說說看

タバコなくなっちゃった。→タバコ吸い終わっちゃった。（香菸抽完了。）
クッキーを買ってきてくれる？→ついでにクッキーを買ってきてくれる？
（順便買餅乾給我吧？）

主題相關字彙

コンビニエンスストア（便利商店）
セブンイレブン（7-11）
ファミリーマート（全家便利商店）
サークルK（OK便利商店）

ただいまー！

お帰（かえ）り。

超簡單文法！

「ただいま」是表達時間的名詞，是「現在」或「剛剛」的意思。剛回到家的人，常會說聲「我到家了！」，日文就是「ただいま帰りました！」。而在日常用語中，經常省略後半部，只說「ただいま！」。但是如果在職場或較為正式的場合，用「ただいま帰りました！」或「ただいま戻りました！」會顯得更有禮貌喔！

我回來了！（女兒）

ただいまー！

回來啦。今天很晚耶。約會嗎？（爸爸）

お帰り。今日は随分遅かったね。デートかい？

不是啦。因為有同事布希子的歡送會。

違うよ。同僚の布希子ちゃんの送別会があったから。

布希子，是之前來家裡的那個孩子吧。要離職了啊。

布希子ちゃんって、確かこの前家に来た子だよね。
退職するのか。

嗯，而且還是光榮離職喔！聽說婚禮和喜宴訂在明年。

うん、それも寿退職！結婚式と披露宴は来年だって。

這樣啊。

そうか。

咦？媽媽呢？

あれ、お母さんは？

說腰在痛，已經睡了喔。

腰が痛いっていっていって、もう寝ちゃったよ。

換個方式說說看

腰が痛いっていって。→腰痛がひどいっていって。（說腰很痛。）
腰が痛い→腰痛（腰痛）
退職→会社を辞める（離職）

主題相關字彙

歓迎会（歡迎會）
忘年会（尾牙）
新年会（春酒）
卒業パーティー（畢業派對）

電視節目

10時からでしょう？

そうだね。

😊 超簡單文法！

「から」是一個助詞，接在表示時間或地點的單字後面，可以表示「從某個時間點開始」或「從某個地點開始」；經常搭配「まで」使用，表示「到～為止」。值得注意的是，中文說「從～到～」，日文則用「～從～到」，也就是說「助詞」是擺在單字後面的「後置」位置。

へ，爸爸，給我看一下電視節目表。（女兒）
ね、お父さん、ちょっとテレビ欄だけ見せて！

喔！什麼，連續劇嗎？（爸爸）
おう！なんだ、ドラマか？

嗯，我想確認一下，今天開始的木村新戲，在第幾台。
うん、今日から始めるキムタクのドラマ、
何チャンネルか確認したいんだよね。

那爸爸幫你看吧。嗯～第八台喔。
じゃ、お父さんが今見てあげる。えーっと、8チャン
ネルだね。

是10點開始吧？
10時からでしょう？

對。
そうだね。

知道了。謝囉。
わかった。ありがとう。

因為明天要掃墓，親戚都會來，不要睡晚了，今天要早點睡啊！
明日はお彼岸で親戚がみんな来るんだから、朝寝坊し
ないように今日は早めに寝るんだぞ！

喝茶

こうちゃ い
紅茶を入れようか？

こうちゃ の
あ、紅茶なら飲む。

😊 超簡單文法！

「入れる」這個單字，最常用到的意思是「放進去」，例如「把書放進皮包裡」
就說「本をかばんに入れる」。但用在泡茶咖啡時，也用「お茶を入れる」或
「コーヒーを入れる」，這讓人不禁聯想，原來「把茶或咖啡放進熱水」，就叫
做「泡茶、泡咖啡」呀！更絕的是，雖然不常用但也可以寫成「淹れる」，下次
泡茶時，可記得要將熱水倒滿、淹沒整個茶包喔！

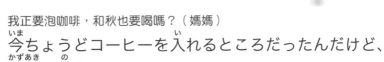

我正要泡咖啡，和秋也要喝嗎？（媽媽）
今ちょうどコーヒーを入れるところだったんだけど、
和秋も飲む？

啊，我不要。（爸爸）
あ、俺はいいや。

咦？不要嗎？
え、要らないの？

嗯，不要。
うん、要らない。

怎麼了嗎？
どうかしたの？

覺得胃怪怪的，不想喝咖啡。
なんか胃がもたれてるから、コーヒーは飲みたくない。

啊，紅茶的話，我要喝。
あ、紅茶なら飲む。

那，我泡紅茶吧？
じゃ、紅茶を入れようか？

換個方式說說看

じゃ、紅茶をいれようか？→じゃ、紅茶にしようか？（那，要紅茶嗎？）
あ、紅茶なら飲む。→んー、紅茶も刺激が強いから要らない。
（嗯…紅茶刺激性也很強，我不要。）

主題相關字彙

カフェイン（咖啡因）	インスタント（即溶咖啡）
胃もたれ（胃脹氣）	アイスティー（冰紅茶）
胃がムカムカ（反胃）	ティーバッグ（茶包）

母は出かけております。

お母さんはいらっしゃる？

😊 超簡單文法！

日本人說話時很注重禮節，將語言的使用分成「對內」和「對外」，提到別人的媽媽時用「お母さん」，說到自己的媽媽時使用「母」；問到對方在不在用「いらっしゃる」（＝います），提到自己的狀況用「〜ております」（＝います）。對外時用「尊敬語」，對內時用「謙讓語」，這就是所謂的「敬語」。

你好。這裡是木村家。（兒子）
はい。木村です。

我是野田，晚安。（隔壁的阿姨）
野田ですが、こんばんは。

晚安。
こんばんは。

你媽媽在嗎？
お母さんはいらっしゃる？

媽媽出門了。
母は出かけております。

這樣啊。大約什麼時候會回來呢？
そうですか。いつごろお帰りになりますか？

我想傍晚會回來吧。
夕方には戻ると思いますが。

那，如果媽媽回來了，請轉告她，野田打過電話來。
では、お帰りになりましたら、野田から電話があった
とお伝えください。

主題相關字彙

留守電＝留守番電話（電話答錄機）
留守電に入れる（留言）
キャッチ＝キャッチホン（插撥）
キャッチホンが入る（有插撥）
親機（主機）
子機（子機）
コードレス（無線）
長電話する（講很久的電話）

打電話

英雄はまだアルバイトから帰ってきていませんが。

英雄さんはいらっしゃいますか？

😊 超簡單文法！

「まだ〜ていません」是指「還沒〜」，經常跟問句「已經〜了嗎？」搭配使用。例如「已經吃飽了嗎？」說「もう食べましたか」，「還沒吃」的回答則是「いいえ、まだ食べていません」。如果單單只用動詞的否定形「いいえ。食べません」，就會變成「我不要吃」的意思，所以吃或不吃可得先決定好喔！

你好，這裡是湯淺家。（英雄的爸爸）
はい、湯浅です。

我是中山，跟英雄是大學同學，請問英雄在家嗎？（英雄的同學）
私　大学でご一緒させていただいております中山と申しますが、英雄さんはいらっしゃいますか？

英雄還沒從打工那裡回來喔。
英雄はまだアルバイトから帰ってきていませんが。

那麼，不好意思，如果他回來了，可以請您轉告他，請他打電話給我嗎？
では、恐れ入りますが、お帰りになりましたら、中山までお電話くださるようお伝えいただけますか？

知道了。中山小姐，是吧？
わかりました。中山さんですね。

是的，請代我同他問好。
はい。よろしくお伝えください。

好。
はい。

再見。
失礼します。

換個方式說說看

英雄さんはいらっしゃいますか？
→英雄さんはいらっしゃいますでしょうか？（英雄在家嗎？）
英雄はまだアルバイトから帰ってきていませんが。
→英雄はまだ戻ってきておりませんが。（英雄還沒有回家。）
→あいにく、留守にしております。（正巧不在家。）
→ただいま、留守にしております。（現在不在家。）

吃飯

先に食べてね。

いただきます。

😊 超簡單文法！

「いただきます」是「食べます」（吃）和「飲みます」（喝）的謙讓語，用餐喝飲料前說聲「いただきます」，就表示「我要開動了」。「いただきます」也是「もらいます」（獲得）的謙讓語，當你要收下禮物時，就可以說「じゃ、いただきます。どうもありがとう。」（那我收下了，謝謝）。

24

哇！怎麼了，今天好豐盛啊？（弟弟）

わ！どうしたの、今日はごちそうだね？

是啊。慶祝美雪考上大學。（媽媽）

そうよ。美雪の大学合格祝い。

啊，姊姊考上了啊。

あ、お姉ちゃん合格したんだ。

嗯。所以，我也大手筆地買了最上等的肉喔。

ええ。だから、お肉も奮発して特上のものを買ったのよ。

喔～爸爸和姊姊還沒回來？

ふーん。お父さんとお姉ちゃんはまだ？

他們兩個人好像都會晚一點，所以幸久先吃吧。

二人とも少し遅くなるみたいだから、幸久、先に食べてね。

太好了！開動了！咦，媽媽，筷子呢？

やったー！いただきます。あれ、お母さんお箸は？

啊，忘了拿出來了。你自己去拿。順便也把大家的拿出來喔。

あ、出し忘れたわ。自分で取ってちょうだい。
ついでに、みんなの分もお願いね。

換個方式說說看

先に食べてね。→先に食べててね！（你先吃吧！）
→先に食べてていいからね！（你可以先吃喔！）

主題相關字彙

結婚祝い（慶祝結婚）　　　　卒業祝い（慶祝畢業）
昇進祝い（慶祝升職）　　　　誕生日祝い（慶祝生日）
出産祝い（慶祝生小孩）
入学祝い（慶祝升學）

吃飽了

> もういいのか？

> はっ、もう食べられないいや。ごちそうさま。

😊 **超簡單文法！**

吃完飯時所說的「ごちそうさま」，原本是「謝謝招待」的意思，雖然說跟家人說謝謝招待顯得很生疏，但事實上這已經是一種習慣性的招呼語了。「ごちそう」是指一頓豐盛的好料，如果要請客，就說「ごちそうします」（我請客）；如果是別人要請你，就可以說「ごちそうになります」（有人要請我）。

對了，我們公司的部長，在廣島吃牡蠣中毒住院了。（女兒）
そういえば、会社の部長が広島で牡蠣に当たって入院しちゃったの。

食物中毒啊？那真是可憐。（爸爸）
食中毒か。そりゃ気の毒に。

因為在那邊倒下了，所以現在在廣島的醫院裡喔。
向こうでダウンしちゃったから、今広島の病院にいるんだよ。

在鄉下地方如果發生了什麼事，就麻煩了啊。
地方で何かあると大変だな。

對啊。爸爸出差的時候也要小心喔。
そうだね。お父さんも出張のときは気をつけてね。

只是啊，在吃的時候，是不會想到食物中毒這種事的。
ただ、食べているときは食中毒のことなんて考えないからな。

也是啦。啊，我已經吃不下了。吃飽了。
まあね。はっ、もう食べられないや。ごちそうさま。

已經不吃啦？剩這麼多，會被媽媽罵喔！
もういいのか？こんなに残して、お母さんに叱られるぞ！

換個方式說說看

はっ、もう食べられないや。
→はっ、もうお腹いっぱい。（啊，我已經吃很飽了。）
→はっ、もういいや。（啊，我已經不要了。）
→はっ、食べきれないや。（啊，吃不完了。）

做菜

ここでごま油を使うのが
おいしさのコツなのよ。

はい、できたよ。

☺ 超簡單文法！

「おいしさ」是從い形容詞的「おいしい」變來的。將い形容詞字尾的「い」換成「さ」就變成了名詞，通常用來表示這個い形容詞的具體形象。例如「重い→重さ」（重量）、「深い→深さ」（深度）、「甘い→甘さ」（甜度）。

做什麼菜呢？今天我來做，教我吧！（兒子）

何を作るの？今日は僕が作るから、作り方教えて！

那，先做白蘿蔔沙拉，照著我說的做做看！（媽媽）

じゃ、はじめに大根サラダを作るから、私が言ったとおりにやってみて！

嗯。

うん。

首先，把白蘿蔔切絲，萵苣撕成適當的大小，裝盤。

まずは大根を千切りにして、レタスを適当な大きさにちぎって、お皿に盛って。

這個樣子嗎？

こんな感じ？

對。然後，把胡麻油倒進平底鍋，炒銀魚。在這裡用胡麻油正是好吃的秘訣呢。

そうね。それから、フライパンにごま油を入れて、ちりめんじゃこを炒めて。ここでごま油を使うのがおいしさのコツなのよ。

嗯，完成了喔。用廚房紙巾把油吸掉比較好吧。

はい、できたよ。キッチンペーパーで油を抜いたほうがいいね。

是啊。等到變脆了，灑在剛剛的盤子上，再淋上青橙醋就完成了。

そうよ。カリカリになったら、さっきのお皿にふりかけて、その上にポン酢をかけて完成よ。

主題相關字彙

隠し味（提味）
得意料理（拿手菜）
お袋の味（媽媽的味道）
家庭料理（家常菜）
煮る（燉）
煮込む（悶煮）
焼く（烤）

ゆでる（水煮）
蒸す（蒸）

どうしてきちんと分別
してくれないのかしら？

 超簡單文法！

「かしら」是終助詞，也就是放在句子最尾端的助詞，終助詞經常用來表達說話者的語氣或情緒。在這裡是表示詢問的語氣，跟「～ですか」是一樣的，因為「かしら」的語感聽起來較為和緩，多為女性使用。

等一下，是誰把罐子放進這裡的？（媽媽）
ちょっと、缶をここに入れたの誰？

不是我喔。（兒子）
俺じゃないよ。

那是爸爸囉！
お父さんね！

嗯。大概吧。
うん。たぶんね。

為什麼不規規矩矩地分類呢？這樣的話，分垃圾桶的意義就沒了嘛？
どうしてきちんと分別してくれないのかしら？
これじゃゴミ箱を分けた意味がないじゃないねー？

對啊。
そうだね。

順正，你要注意喔。因為不遵守規定的話，是自己丟臉！
順正は気をつけるのよ。ルールを守らないと自分が恥
をかくんだからね！

嗯。
うん。

換個方式說說看
どうしてきちんと分別してくれないのかしら。→どうしてきちんと分けて
くれないのかしら？（為什麼不規規矩矩地分類呢？）

主題相關字彙

ゴミを出す（倒垃圾）　　　　　　　缶（罐子）
可燃ゴミ＝燃えるゴミ（可燃垃圾）　瓶（瓶子）
不燃ゴミ＝燃えないゴミ（不可燃垃圾）　リサイクル（回收）
資源ゴミ（資源回收垃圾）　　　　　粗大ゴミ（大型垃圾）

洗衣服

でも、これウールだよ。

ドライクリーニング用洗剤で洗うから大丈夫よ。

😊 超簡單文法！

「で」是助詞，其中一個用法是表示做某件事情的「手段、方法」。除了像對話裡的「ドライクリーニング用洗剤で洗う」，用一種實際的東西來從事某件工作之外，也可以是使用抽象的道具或語言，例如「ファックスで送ります」（用傳真的方式發送）、「日本語で電話します」（用日文講電話）。

這件毛衣，幫我拿去乾洗。（兒子）

このセーター、クリーニングに出しておいて。

這個啊，在自己家裡就可以洗了喔。（媽媽）

これだったら、自宅でも洗えるわよ。

但是，這是羊毛耶。

でも、これウールだよ。

我用乾洗劑洗，所以沒問題的。

ドライクリーニング用洗剤で洗うから大丈夫よ。

不會縮水嗎？

縮まないかなー？

又不是用洗衣機，所以放心啦。

洗濯機使うわけじゃないから平気じゃない。

知道了。那，麻煩囉。

わかった。じゃ、よろしくね。

今天沒辦法了，明天再洗喔。

今日はできないから、明日洗うわよ。

主題相關字彙

綿＝コットン（棉）　　　　洗濯ネット（洗衣袋）

アクリル（合成纖維）　　　洗濯バサミ（曬衣夾）

ポリエステル（聚酯纖維）　ハンガー（衣架）

シルク（絲質）

漂白する（漂白）

柔軟剤（柔軟精）

洗濯物を干す（曬衣服）

洗濯物を取り込む（收衣服）

曬衣服

明日までには乾くでしょう。

大丈夫？

超簡單文法！

「まで」是「到～為止」，「までに」則是指「期限到某個時間點為止，在那之前的任一時間都可以」。「に」在這裡指的是某個時間點，「明日までに」的意思是說「到明天為止前的時間內都可以，也許是等一下，也許是今天晚上」。

居家

曬衣服

媽媽，學校要穿的白色襪子已經沒了。（兒子）
お母さん、学校用の白い靴下がもうないんだけど。

唉呀，這樣啊。最近天天下雨，所以洗的衣服都沒乾呢。（媽媽）
あら、そう。最近毎日雨が降っているから、洗濯物が乾かないのよ。

明天的怎麼辦呢？
明日の分どうしよう？

到明天以前會乾吧？
明日までには乾くでしょう。

沒問題嗎？
大丈夫？

沒問題啦。這種時候如果有烘乾機就方便多了。買一台比較好吧？
大丈夫よ。こういうときに乾燥機があると便利なのよね。買ったほうがいいかしら？

那就買啊？如果沒有學校穿的襪子，我也很傷腦筋。
そうしたら？僕も学校用の靴下がないと困るよ。

是啊。烘乾機的事，問問看爸爸吧。
そうね。乾燥機のことはお父さんに聞いてみるわ。

換個方式說說看

明日までには乾くでしょう。
→明日には乾いているから平気よ。（明天就乾了，不要緊的。）
→明日には着れるでしょう。（明天可以穿吧。）

主題相關字彙

雨関係：	霧雨（濛濛細雨）	霰（冰珠）	どしゃぶり（雨勢很大）
	小雨（小雨）	雹（冰雹）	じめじめする（溼答答）
	夕立（雷陣雨）	豪雨（豪雨）	
	にわか雨（驟雨）	梅雨（梅雨）	

打電腦

やり始めたら、はまっちゃったんだよ。

じゃ、どうしてゲームしているの？

超簡單文法！

「～ちゃった」是從「～てしまった」來的，是東京地區的方言。「～てしまった」在這裡表示一件事情發生而無法挽救的遺憾心情。如果是「～てしまった」在會話上可以變音為「～ちゃった」（はまってしまった→はまっちゃった）；如果是濁音的「～でしまった」，就變音為「～じゃった」（飲んでしまった→飲んじゃった）。

不要只是玩電動，唸點書怎麼樣呢？（媽媽）
ゲームばかりしていないで、少しは勉強<ruby>勉強<rt>べんきょう</rt></ruby>したら？

嗯。（兒子）
うん。

我是為什麼買電腦給你呢？你不是說因為要用電腦來唸書，才想買電腦的嗎？
<ruby>何<rt>なん</rt></ruby>のためにパソコンを<ruby>買<rt>か</rt></ruby>ってあげたの？パソコンで
<ruby>勉強<rt>べんきょう</rt></ruby>するから<ruby>欲<rt>ほ</rt></ruby>しいって<ruby>言<rt>い</rt></ruby>ってたでしょう？

唉喲！很煩耶。唸書也有在用嘛！
もー、うるさいな。<ruby>勉強<rt>べんきょう</rt></ruby>でも<ruby>使<rt>つか</rt></ruby>ってるよ！

快要期中考了，對吧？
<ruby>中間<rt>ちゅうかん</rt></ruby>テスト、もうすぐなんでしょう？

嗯。下星期開始。
うん、<ruby>来週<rt>らいしゅう</rt></ruby>から。

那，為什麼在玩電動呢？
じゃ、どうしてゲームしているの？

一開始玩，就停不住了嘛。等下會唸書啦！
やり<ruby>始<rt>はじ</rt></ruby>めたら、はまっちゃったんだよ。
<ruby>勉強<rt>べんきょう</rt></ruby>は<ruby>後<rt>あと</rt></ruby>でするから！

換個方式說說看

<ruby>勉強<rt>べんきょう</rt></ruby>するから<ruby>欲<rt>ほ</rt></ruby>しいって言ってたでしょう？→<ruby>勉強<rt>べんきょう</rt></ruby>するのに<ruby>使<rt>つか</rt></ruby>うから<ruby>欲<rt>ほ</rt></ruby>しいって言っていたでしょう？（你不是說因為要用來唸書，才想要的嗎？）

→<ruby>勉強<rt>べんきょう</rt></ruby>に使うから。（要用來唸書。）

<ruby>勉強<rt>べんきょう</rt></ruby>でも<ruby>使<rt>つか</rt></ruby>ってるよ！→<ruby>勉強<rt>べんきょう</rt></ruby>にも<ruby>使<rt>つか</rt></ruby>ってるよ！（也用在唸書嘛！）

主題相關字彙

<ruby>攻略本<rt>こうりゃくぼん</rt></ruby>（電玩遊戲攻略書）　　ヒント（提示）
<ruby>攻略法<rt>こうりゃくほう</rt></ruby>（電玩遊戲的破關方法）　<ruby>裏技<rt>うらわざ</rt></ruby>（秘密招數）
オンラインゲーム＝ネットゲーム（線上遊戲）

看小說

わかった。

今日中にハリーポッターを
読み終えたいんだよね。

😊 超簡單文法！

「今日中」是「今日」加上「中」而來；「中」在這裡讀做「じゅう」，表示在這段時間範圍內的某個時間點，因此這裡所要表達的是「在今天內的某個時間點，要讀完這本書」。如果是「一段時間＋じゅう」則表示在這段時間內一直做某件事，例如一整天都在下雨，日文就是「一日中雨が降っている」。

我要跟爸爸去大賣場，姊姊也要去嗎？（弟弟）

お父さんとホームセンターへ行くんだけど、
お姉ちゃんも行く？

幾點？（姊姊）

何時ごろ？

爸爸說再一下下就出門。

もうちょっとしたら出るって。

不了，我不去。

いいや、行かない。

咦，不去嗎？

え、行かないの？

嗯。明天開始大學開學了，今天想把哈利波特看完。

うん、明日からまた大学だから、今日中に
ハリーポッターを読み終えたいんだよね。

知道了。有什麼要我買回來的？

わかった。何か買ってくるものある？

嗯～沒有。

うーん、別にない。

換個方式說說看

今日中に読み終えたいんだよね。
→明日までに読み終えたいんだよね。（到明天前想讀完。）
→明日までに読んじゃいたいんだよね。（到明天前想讀完。）
→今日中に読んでしまいたいんだよね。（今天之內想讀完。）

主題相關字彙

量販店（大型賣場）　　　　食べ終える（吃完）
読書（閱讀）　　　　　　　飲み終える（喝完）
流し読み（瀏覽）　　　　　～し終える（做完～）

睡覺

おやすみ。電気消しとくよ！

おやすみ。

😊 超簡單文法！

「おやすみ」是「晚安」的意思，比較客氣的說法則用「おやすみなさい」。除了晚上睡覺前跟家人或室友道晚安，晚上跟朋友分別各自回家，或是講完電話要掛斷時，都可以用「おやすみ」來代替「再見」。只要時間點在晚上，並且說完這聲「晚安」後今天不再見面了，都可以用喔。

睡覺

姉，可以打擾一下嗎？（弟弟）
お姉さん、ちょっといい？

嗯～幹嘛？（姊姊）
う～ん、何？

啊，妳在睡啦？因為燈亮著，我以為妳還醒著。
あれ、寝てたの？電気がついてるから、まだ起きてるのかと思った。

睡了喔。什麼事？
寝てたよー。で、何？

不好意思，明天再說囉。
ごめん、明日でいいよ。

嗯，晚安。
うん。おやすみ。

晚安，我要關燈囉！
おやすみ。電気消しとくよ！

啊，不要關！我要開著燈睡覺！
あ、消さないで！つけたままで寝るから！

換個方式說說看

電気をつけたまま寝ます。（開著燈睡。）
電気を消さないで寝ます。（不關燈睡。）
電気をつけっぱなしで寝ます。（燈開著睡。）

主題相關字彙

寝室（臥室）　　　　掛け布団（棉被）
ベッド（床）　　　　敷布団（墊被）
ベッドカバー（床罩）　毛布（毛毯）
枕（枕頭）

起床

ああ、おはよう。

あー、なんだか寝<ruby>不足<rt>ね ぶ そく</rt></ruby>だ。

😊 超簡單文法！

「なんだか」的意思是「不知道為什麼，總覺得……」，當表示自己的心情時，是很常用的一個副詞。而「寝不足」就是指睡眠不足，是名詞時，修飾名詞可以用「の」來接，例如「寝不足の頭で本を読んだ」（用睡眠不足的腦袋看書）；是な形容詞時，可以接「な」，例如「寝不足な生活が続いてます」（持續著睡眠不足的生活）。

居家

起床

爸，早！（女兒）

お父さん、おはよう。

啊，早啊！（爸爸）

ああ、おはよう。

啊啊～好像沒睡飽。

あー、なんだか寝不足だ。

又上網到很晚嗎？

遅くまでインターネットでもしていたのか？

不是啦。做了奇怪的夢，起來一次，就睡不著了。

違うよー。変な夢見て一回起きたら、寝られなくなっちゃんだよ。

做惡夢啦？

悪夢でも見たのか？

不是，做了個變成超人在天空飛的夢。

ううん、スーパーマンになって空を飛ぶ夢。

喔～那是有趣的夢囉。

ほー、そりゃ面白い夢を見たな。

主題相關字彙

睡眠不足＝寝不足＝寝足りない（沒睡飽）

夢を見る（做夢）

悪夢（惡夢）

寝ぼける（睡昏了）

不思議な夢（不可思議的夢）

夢占い（夢境算命）

夢の分析（夢的解析）

うん。

きれいになったでしょう？

😊 超簡單文法！

　「なった」的原形「なる」是「變成…、成為…」的意思，名詞和形容詞分別有不同的接續方法；「名詞＋に＋なる」「な形容詞＋に＋なる」「い形容詞（い→く）＋なる」。例如「10時になりました」（10點了）、「便利になりました」（變方便了）、「おいしくなりました」（變好吃了）。

變乾淨了吧？（媽媽）
きれいになったでしょう？

嗯，按摩浴缸要怎麼用啊？（兒子）
うん。ジャグジーはどうやって使うの？

嗯～把這個把手往右邊轉就行了吧？要停住的時候往左轉。
ええと、このハンドルを右に回せばいいのかしら？止めるときは左ね。

嗯。浴缸和淋浴的熱水溫度也可以調整吧？
うん。バスタブとシャワーのお湯の温度も設定できるんでしょう？

溫度要打開這個蓋子，按按鈕來設定喔。
温度はこのカバーを開けて、ボタンを押して設定するのよ。

啊，在這裡。有很多按鈕，好像很難耶。
あ、ここね。なんか色々ボタンがあって難しそうだね。

媽媽也沒用過，不太知道。
お母さんも使ったことないから、よくわからないわ。

給我看一下那個說明書！先放熱水看看。
ちょっとその説明書見せて！まずは、お湯を入れてみよう！

主題相關字彙

シャンプー（洗髮精）	バスタブ（浴缸）
リンス（潤絲精）	シャワーを浴びる（淋浴）
トリートメント（護髮乳）	お風呂に入る（泡澡）
ボディシャンプー（沐浴乳）	湯船につかる（泡澡）
バスタオル（大毛巾）	
石鹸＝ソープ（肥皂）	
お風呂場＝浴室（浴室）	

上廁所

> トイレットペーパーが なくなっちゃったよ。

> じゃ、セットして おいて！

超簡單文法！

「セットしておいて」的後面其實省略了「ください」；「～てください」是「請做～」的意思。而「～ておいて」的原形「～ておく」，是「事先做～」的意思；其中「てお」的部份，在會話中也經常變音唸做「と」，所以也可以唸成「セットしといて！」。找找看，在P40頁也有類似的用法喔。

媽，沒有衛生紙了。（兒子）
お母さん、トイレットペーパーがなくなっちゃったよ。

那你裝一下！媽媽現在沒有手啦。（媽媽）
じゃ、セットしておいて！お母さん今手が離せないのよ。

在哪裡？
どこにあるの？

在那個架子上。
その棚の上にあるから。

咦？哪裡？
えー、どこ？

藤編的籃子裡面！
藤の籠の中！

啊，有了。
あ、あった。

那你先裝起來喔。
じゃ、やっておいてね。

主題相關字彙

便器（馬桶）
便座（馬桶座）
芳香剤（芳香劑）
洗面所（洗臉台）
お手洗い（洗手間）
化粧室（化妝室）

ウォシュレット（免治沖洗式馬桶座）

Unit 2 交通

台北駅は大きい駅ですから、迷子になる人も多いようですよ。

超簡單文法！

「のに」在日文文法中表示「逆接」，所謂「逆」就是相反的意思，也就是說「のに」的前後兩個子句是相衝突的，中文經常翻譯成「但是…卻…」。這句話是由「みんな並んでいる」和「ずるいですよ」組合成一句，後半句並省略了主詞「插隊的人」。

交通

等公車

公車還不來耶。
バス、来ませんね。

是啊。
そうですね。

已經等了十五分鐘了。
もう15分も待っていますよ。

等得好累喔。什麼時候才會來呢？
待ちくたびれましたね。いつになったら、来るんでしょうか。

就是啊。
本当ですね。

啊，那個人，剛剛插隊進來了。
あ、あの人、今割り込みましたよ。

什麼？大家都在排隊耶，真是奸詐！
ええ、みんな並んでいるのにずるいですよ。

真希望他乖乖地排在隊伍的後面。
きちんと列の後ろに並んでほしいですね。

主題相關字彙

バス停＝停留所（公車站）
手すり（扶手）
時刻表（時刻表）
バスカード（公車票）
列に並ぶ（排隊）
列を作る（排隊）
バス専用道路（公車專用道）
行列（隊伍）
大行列（大排長龍）

在哪下車

どこで降りるんですか？

永康街です。

☺ 超簡單文法！

「で」是一個助詞，在這裡表示「做某動作的地點」，在永康街下車，是「永康街で降りる」。但若要表示從某個交通工具下來，則用「交通工具＋を＋降りる」。例如下公車是「バスを降りる」，這裡的「を」表示「離開的地點」。

我等一下要和學生時代的朋友見面。
これから、学生時代の友達と会うんです。

妳在哪裡下車呢？（男同事）
どこで降りるんですか？

永康街。
永康街です。

是喔。很令人期待吧。
そうなんですか。楽しみですね。

嗯，話說回來，今天真的很擠耶。
ええ、それにしても、今日は随分混んでいますね。

因為是結帳日嘛。
五十日ですからね。

啊，對喔。不知道趕不趕得上約好的時間？
あ、そういえばそうですね。待ち合わせに間に合うかしら？

能趕上就好了！
間に合うといいですね！

📍 換個方式說說看

どこで降りるんですか？
→どこで会うんですか？（你們在哪裡見面呢？）

🎵 主題相關字彙

バス（公車）
バス停（公車站）
吊り革（手拉吊環）

買車票

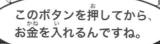

初めにこのボタンを押してから、
20 元を入れてください。

このボタンを押してから、
お金を入れるんですね。

退幣處

投幣

出票口

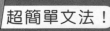 超簡單文法！

「動詞て形＋から＋動詞」表示做完某個動作之後，再做某個動作。雖然是說明兩個個別動作，但實際上卻是強調後面動作，也就是說，重點動作在後面，前面的動作只在說明接續的一個時間。

不好意思，請問一下。

ちょっと、すみません。

是的，怎麼了嗎？（車站人員）

はい、どうしましたか？

我想買票，但不知道這機器的使用方法。該怎麼辦呢？

切符を買いたいんですが、機械の使い方がわかりません。どうしたらいいですか？

妳要去哪裡？

どこへ行きますか？

台北車站。

台北駅です。

請先按這個按鈕，然後投20元。

初めにこのボタンを押してから、20元を入れてください。

按了這個按鈕後，再投錢，對吧？

このボタンを押してから、お金を入れるんですね。

是的，就是這樣。

はい、そうです。

換個方式說說看

初めにこのボタンを押してから、20元を入れてください。
→初めにここを押してから、お金を入れてください。
　　（請先按這裡，再把錢投進去。）
→お金を入れる前に、ボタンを押してください。
　　（投錢之前，請先按按鈕。）

主題相關字彙

切符売り場（售票處）
自動改札（自動剪票口）
定期券（定期車票）

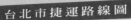

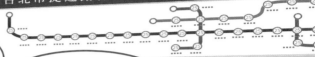

台北市捷運路線圖

台北駅は大きい駅ですから、
迷子になる人も多いようですよ。

東京駅と同じですね。

😊 超簡單文法！

「から」連接兩個子句時，表示前後的因果關係，文法上稱為「順接」，也就是
「因為…所以…」的意思。「ようです」是「好像…」的意思，表示藉由聽覺、
視覺、味覺、觸覺等感官所觀察的事物，再經由自己所判斷出來的想法。

下一站是台北車站喔。
次は台北駅ですよ。

這樣啊。（從日本來的朋友）
そうですか。

這是台北最大的車站，可以轉搭淡水線或台鐵火車。
台北で一番大きい駅で、淡水線や台湾国鉄に
乗り換えることができます。

就像日本的東京車站吧？
日本の東京駅みたいですね。

對，因為車站很大，似乎迷路的人也很多。
はい。大きい駅ですから、迷子になる人も多いよう
ですよ。

跟東京車站一樣嘛。
東京駅と同じですね。

對啊。東京車站也很大耶。
そうですね。東京駅もとても大きいですよね。

我第一次去的時候，就迷路了呢。
私も始めて行った時に、迷子になりましたよ。

換個方式說說看

迷子になる人も多いようですよ。
→迷う人もたくさんいるようですよ。（迷路的人也很多喔。）
東京駅と同じですね。→東京駅みたいですね。（跟東京車站一樣。）

主題相關字彙

乗り換える（換車）
道に迷う（迷路）
キオスク（日本JR車站內的販賣處）
駅の売店（車站內的小商店）

叫計程車

えe、お願いします。

店員さんにタクシーを呼んでもらいましょうか？

超簡單文法！

「もらう」是「獲得、得到」，「名詞＋を＋もらう」表示獲得某件事物；而「動詞て型＋もらう」則表示「獲得某個動作」。「タクシーを呼んでもらう」便可以解釋為「獲得〈叫計程車〉這個動作」；而獲得「誰」的動作，則用「人物＋に」來表示，例如「店員さんに」。

時間，還OK嗎？
時間、大丈夫ですか？

啊！已經這麼晚了！
あ、もうこんな時間！

那，我們差不多該走了吧！
じゃ、そろそろ行きましょう！

咦，還有公車嗎？
ええ。まだバスあるかしら？

哎呀！這個時間的話，已經沒了喔。
ああ、この時間だともう終わってますね。

怎麼辦呢？真傷腦筋。
どうしましょう。困ったわ。

請店員幫忙叫計程車吧？
店員さんにタクシーを呼んでもらいましょうか？

嗯，麻煩你了。
ええ、お願いします。

換個方式說說看
店員さんにタクシーを呼んでもらいましょうか？
→タクシーを呼びましょうか？（叫計程車吧？）

主題相關句子
タクシーで帰るしかないですね。（只能搭計程車回家了呢。）
タクシーで帰るほかないですね。（只能搭計程車回家了呢。）

轉彎

あ、ええと、そのセブンイレブンの前で止めてください。

はい、ここですね。

超簡単文法！

「場所＋で」表示在某個地點做某動作，對話中的乘客請司機「在」7-11前「停車」，於是動詞用「で」。而如果改成「あそこに止めてください」則表示將車子「停在那個位子上」，也就是說，「で」表示的是動態的停車動作；「に」表現的是最終車子所在的位置。

60

要過和平東路嗎？（司機先生）
和平東路は渡りますか？

不用，不要過，請在和平東路口右轉。
いいえ、渡らないで、和平東路の交差点を右へ
曲がってください。

好。
はい。

啊，嗯…請在那個7-11的前面停。
あ、ええと、そのセブンイレブンの前で止めてください。

好。是這裡吧？
はい、ここですね。

對。
はい。

謝謝妳。140元。
ありがとうございました。１４０元になります。

（給150元）啊，不用找了。
あ、お釣りは結構です。

換個方式說說看

このセブンイレブンの前で止めてください。
→あの交差点の手前で止めてください。（請在那個十字路口前停。）

主題相關字彙

メーター（跳表機）
メーターが上がる（跳表機往上跳）
タクシーチケット（計程車乘車券）

走路

歩いて行きますか？ダイエットにもなりますし。

あ！でも、この暑さの中歩くのは疲れますよ。

😊 超簡單文法！

「歩いて行きます」＝「歩く」＋「行く」。利用「て形」將兩個動作連接在一起，可以表示兩個動作同時進行，或者說明這兩個動作必須要同時發生。其它常見的還有「持って行く」（帶東西去）「持って来る」（帶東西來）「連れて行く」（帶人或動物去）「連れて来る」（帶人或動物來）可以將整體動作視為一個動作來記憶。

要搭什麼車到百貨公司？
デパートまで何で行きましょうか？

離這裡不很遠嘛。
ここからあまり遠くないですよね。

走路去吧？還可以減肥。
歩いて行きますか？ダイエットにもなりますし。

啊！但是，在這麼熱的天裡走路很累耶。
あ！でも、この暑さの中歩くのは疲れますよ。

說得也是，中暑了也很討厭。
それもそうですね。日射病になるのも嫌ですからね。

那怎麼辦呢？
じゃ、どうしましょう？

選公車嗎？
バスにしますか？

好啊。搭公車去吧。
そうですね。バスで行きましょう。

換個方式說說看
暑さの中歩くのは疲れますよ。
→歩きますか？この暑い中…（要走路嗎？這麼熱的天……）

主題相關字彙
猛暑（酷暑）
熱中病（中暑）
近い（近的）
目と鼻の先（很近）

等紅綠燈

なかなか青になり
ませんね。

この交差点は信号待ちが
長くて有名なんですよ。

😊 超簡單文法！

「なかなか」在這裡當副詞使用，當後面所接的單字為否定形式時，表示「很不
容易～、難以～」。比如「バスがなかなか来ない」（公車一直不來）。「なか
なか」也有「比預期中更～」的意思，這時後面所接的字彙當然必須是肯定的形
式，例如「なかなか難しい問題だ」（比想像中更困難的問題。）

64

一直不變綠燈耶。
なかなか青になりませんね。

這個路口要等很久的紅綠燈是出了名的喔。
この交差点は信号待ちが長くて有名なんですよ。

我每次等紅綠燈時，都看另外一邊斑馬線的號誌。
私はいつも信号待ちのときに、反対側の横断歩道の
信号を見ているんです。

因為有倒數秒數，就可以知道這一邊變綠燈的大概時間，對吧。
数字のカウントダウンがありますから、こちらが青に
なるだいたいの時間がわかりますからね。

是啊。還有，一進入倒數5秒，走路的娃娃就會開始跑喔。
ええ。それにカウント数が5秒になると、あの歩いて
いる人間の形が走り始めるんですよ。

嗯嗯，的確是這樣的。
ああ、そういえばそうですね。

看！你看！開始跑了喔。
ほら、見てください。走り出しましたよ。

換個方式說說看

なかなか青になりませんね。
→信号、なかなか変わりませんね。（紅綠燈一直不變耶。）
→この信号、長いですね。（這個紅綠燈，好久喔。）

主題相關字彙

十字路（十字路口）　　　車線（車道）
歩道橋（陸橋）　　　　　一方通行（單行道）
歩道（人行道）

加油

景品が選べるのも
うれしいです。

ええ、何にするか
迷ってしまいますよ。

😊 超簡單文法！

「何にするか迷ってしまいます」＝「何にするか」（要選什麼呢）＋「迷って
しまいます」（猶豫不決）。一般來說，動作的部分大多是一個名詞，或相當於
名詞的子句，但是這裡卻用「疑問句」來代替。這時候在會話中，經常將動詞前
慣用的助詞「を」或「に」等省略掉。

最近的加油站，服務都很好耶。
最近のガソリンスタンドは、サービスがいいですよね。

到處都競爭得很激烈的關係。
どこも競争が激しいですから。

因為可以拿到礦泉水或面紙等等的贈品，有賺到的感覺吧。
ミネラルウォーターやティッシュなどの景品が
もらえるから、得をした気分になれますね。

對啊。
そうですね。

還有，可以選贈品也很令人高興。
それに、景品が選べるのもうれしいです。

嗯，要選什麼還真會猶豫不決呢。
ええ、何にするか迷ってしまいますよ。

對了，前一陣子我在電視新聞上看到，在日本，自助式加油站好像也很受歡迎呢。
そういえば、この前ニュースで見たんですけど、日本
ではセルフ式のガソリンスタンドもなかなか人気のよ
うですよ。

喔，就是那個美國到處都有的加油站模式啊。
あ、あのアメリカによくあるタイプのですよね。

換個方式說說看

景品が選べるのもうれしいです。
→景品の種類が多いのもうれしいです。（贈品的種類很多也讓人很高興 。）
→色々な景品があるのもうれしいです。（有各式各樣的贈品也讓人很高興 。）

主題相關字彙

洗車 （洗車）　　　　　　　　エンジンオイル （引擎機油）
満タン （加滿）　　　　　　　バッテリー （電池）
レギュラー （無鉛汽油）　　　バッテリーを交換する （換電池）
軽油 （柴油）　　　　　　　　バッテリーの点検をする （檢查電池）

交流道

> カーナビ通り、次のインターで降りたほうがいいですかね？

> そうですね。

超簡單文法！

「動詞た形＋ほうがいい」用在建議他人做某個動作，「ほう」是「方面」的意思，「做某一方面的事情是好的」，也就是暗指另一個否定的方面比較不好。也可以用「動詞ない形＋ほうがいい」，那麼就是建議「不要做～比較好」，並暗指「做～的話就不好」，例如「行かないほうがいい」不去比較好。

啊！衛星導航顯示該變更路線了喔！
あっ！カーナビにルート変更の表示が出ましたよ！

真的耶。台中交流道的地方在塞車。
本当だ。台中インターのところで渋滞しているんですね。

塞了5公里。怎麼辦？
5キロの渋滞ですって。どうしましょうか？

依照導航在下一個交流道下比較好吧？
カーナビ通り、次のインターで降りたほうがいいですか
ね？

對啊。就在下個交流道下去，走下面說不定會快一點。
そうですね。次で降りて、下で行ったほうが早いかも
しれません。

那就相信導航，在下個交流道下吧！
じゃ、カーナビを信じて、次で降りましょう！

果然，有車內衛星導航很方便耶。塞車狀況和路線都知道。
やっぱり、カーナビがあると便利ですね。渋滞状況
も、道もわかるんですから。

嗯。現在最新型的還有其他各種功能呢。
ええ。最新型のは、他にも色々な機能があるんですよ。

換個方式說說看
カーナビ通り、次のインターで降りたほうがいいですかね？
→カーナビ通りに行きましょうか？（照著導航的指示走吧？）

主題相關字彙
上で行く（走上面）　　　　渋滞にはまる（陷入車陣）
下で行く（走下面）　　　　渋滞を抜ける（脱離車陣）
料金所（收費站）　　　　　インターチェンジ（交流道）

本当だ。
ほんとう

あ、ありました！インター降り
てから、結構距離ありますよ。
けっこうきょり　お

😃 超簡單文法！

「ありました」的中文可翻譯成「有了！」或「找到了！」。雖然是眼前的事物，卻用過去式慣用的「～ました」。事實上，「た」這個助動詞除了表達「過去」，也有「確認」的意思。例如東西找到了、發現了，說「ありました」；看到等的人來了，也可以用「いました」。

好，那，來確認一下地點吧？
さて、じゃ、場所の確認でもしておきましょうか？

嗯。啊，你帶地圖來了嗎？
そうですね。あ、地図持ってきましたか？

當然囉！妳看！
もちろんですよ。ほら！

嗯～葵溫泉啊…。啊，有了！下了交流道後，還要很遠喔。
え～っ、葵温泉はと……。あ、ありました！インター
降りてから、結構距離ありますよ。

真的耶。從交流道過來，要開20公里左右。這樣的話，還要花1個半小時哪。
本当だ。インターから20キロぐらい走りますね、こ
れじゃ、あと1時間半はかかりますよ。

是啊。還好在這裡先休息了！
ええ、ここで休憩しておいてよかったですね！

嗯，對啊。那，已經差不多該走了吧？
ええ、そうですね。さ、もうそろそろ出かけましょうか？

是啊。啊，在那之前我要先去一下廁所。
そうですね。あ、その前にちょっとトイレに行ってきます。

換個方式說說看
インター降りてから、結構距離ありますよ。
→インター降りてから、結構ありますね。（下了交流道後，還很遠喔。）
→インター降りてから、結構遠いですね。（下了交流道後，還很遠呢。）

主題相關字彙
サービスエリア（休息站）
パーキングエリア（停車區）
トイレ休憩（休息去上廁所）
売店（販賣部）

午後の予定はどうなっている。

Unit 3 工作

はい。3時半に小田山会社の
鈴木様がお見えになります。

碰到同事

あ、二日酔いですね。

そうなんですよ。朝ごはんも食べられませんでした。

超簡單文法！

I類動詞的第一變化+「れる」，II類動詞的第一變化+「られる」，III類動詞則分別是「くる→こられる」「する→できる」。這是將一般動詞改成「可能動詞」的方法，可以表示「能力」，或在某種條件下「允許」做某件事。例如「さしみが食べられる」（敢吃生魚片）「時間があるので、朝ご飯が食べられる」（因為還有時間，能夠吃早餐）。記得將動詞前慣用的「を」改成「が」喔。

早安。（女職員）

おはようございます。

早安。（二十多歲的男同事）

おはようございます。

咦？你今天的氣色好像不太好耶…

あれ、今日は顔色がよくないみたいですけど…

沒啦。昨天晚上稍微喝多了。

いや～、昨日の夜ちょっと飲みすぎてしまいましてね。

啊，宿醉喔。

あ、二日酔いですね。

是啊。早餐也吃不下。

そうなんですよ。朝ごはんも食べられませんでした。

我是睡晚了，所以沒時間吃。

私は寝坊したので、食べる時間がありませんでした。

我們兩個一早就運氣不太好耶。算了，今天也加油吧。

お互い朝からついてないですね。ま、今日も一日頑張りましょう。

碰到同事

換個方式說說看

朝ごはんも食べられませんでした。→食欲がなくって…（沒食慾……）
朝から胃がもたれてしまって…（從早上開始，胃就脹脹的……）

主題相關字彙

寝過ごす（睡過頭）
顔色が悪い（臉色不好）
顔色がさえない（臉色暗沉）

等電梯

ええ、次のを待ちましょう。

いっぱいですから、次のにしましょうか？

超簡單文法！

「次」是名詞，指「下次、下一個」的意思，所以接名詞時要加個「の」，下班車就是「次の電車」下一位是「次の方」。但是對話中的「次の方」後面卻沒有接名詞，因為這個「の」也叫做「形式名詞」可以代替任何其他名詞，所以對話的「次の」直接可表示為下一班電梯，還原名詞的話就等於「次のエレベーター」。

啊！（女職員）
あらっ！

已經客滿了，等下一班吧？（男同事）
いっぱいですから、次のにしましょうか？

嗯，等下一班吧！（兩人走出電梯）
ええ、次のを待ちましょう。

馬上就來了。
またすぐ来ますからね。

話說回來，剛剛真是丟臉啊。
それにしても、恥ずかしかったですね。

一聽到那鈴聲，就知道是最後進去的自己太重了，於是就介意起體重了。
あのブザーの音を聞くと、最後に入った自分が重すぎるからだと、体重を気にしてしまいますよ。

對啊。還會被先進去的人盯著看。
そうですよね。先に中に入った人からも注目されますし。

🐻 換個方式說說看

次のにしましょうか？
→次ので行きましょうか？（搭下一班去吧？）

🐱 主題相關字彙

エスカレーター（手扶梯）
何階（幾樓）
満員（客滿）
定員（標準載客人數）

例行會議

はい。3時半に小田山会社の
鈴木様がお見えになります。

午後の予定はどう
なっている？

超簡單文法！

「お見えになります」是「来る」（來）的意思。「来る・来ます」是對普通朋友等不需要特別拘泥形式的一般用語，但是對長輩，或是在商場等正式場合，要說明對方「来る」的動作時，就必須使用「尊敬語」的「いらっしゃいます」或「お見えになります」或「おいでになります」。

78

社長，跟您報告今天的行程。（秘書）
社長、本日のスケジュールでございますが。

嗯。是怎麼樣呢？（社長）
うん。どうなってる？

十點開始在B會議室有重要幹部會議。
10時からB会議室で重役会議がございます。

然後呢？
これから？

午餐在青山的日本料理店跟日本商事的大內先生有約。
昼食は青山の日本料理店で日本商事の大内様との
お約束。

下午的行程是什麼呢？
午後の予定はどうなっている？

是的。三點半小田山公司的鈴木先生會來。
はい。3時半に小田山会社の鈴木様がお見えになります。

我知道了。
わかった。

換個方式說說看

鈴木様がお見えになります。
→鈴木様がいらっしゃいます。（鈴木先生會來。）
お見えになります。
→お越しになります。おいでになります。（來；尊敬語）

主題相關字彙

予定（行程計畫）
約束＝アポイントメント＝アポ（約定、約會）

同事外出

あ、あのプロジェクトの件？

部長、これから小田山会社へ打ち合わせに行ってまいります。

部長

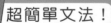

超簡単文法！

談到需要尊敬的人的動作，要用「尊敬語」表示敬意；而對需要尊敬的人說到自己的動作，則用「謙讓語」表示謙虛。「来る」的尊敬語有「いらっしゃる」「お見えになる」等（請參考P78頁），謙讓語則是「まいります」。女職員對部長說明自己的動作，所以使用謙讓語「行ってまいります」（＝「行ってきます」）。

部長，我等等要去小田山公司，討論些事情。（女職員）
部長、これから小田山会社へ打ち合わせに行ってまいります。

啊，那個企劃的事嗎？（部長）
あ、あのプロジェクトの件？

是的。
はい。

現在怎麼樣了呢？
どうなってるの？

現在是最後的階段了，所以合約預計在下個月初簽訂。
今、最後の詰めの段階なので、契約は来月の頭になる予定です。

那就加油吧。
じゃ、頑張ってきてね。

是。那麼，我走了。
はい。では、行ってまいります。

快去吧。
いってらっしゃい。

主題相關字彙
直行（直接去）
直帰（直接回家）
月初め（月初）
上旬（上旬）
中旬（中旬）
下旬（下旬）
半ば（月中）
月末（月底）

轉分機

 超簡單文法！

比「失礼します」更客氣的說法是「失礼いたします」，可以用在離開別人的家或房間，表示「告退」之意；也可以使用在例如進入部長的辦公室，表示「打擾」之意；也可用於掛斷電話前，表示「再見」之意。不論如何，都是有禮貌的一種表現，要好好記住喔！

作

轉

分

機

您好。這裡是青山商事。（女職員）
はい。青山 商 事でございます。

我是八潮企劃的宇治。平常總是受到您的照顧。不好意思，請問佐藤部長在嗎？
私 、八潮企画の宇治と申します。いつもお世話に
なっております。恐れ入りますが、佐藤部 長は
いらっしゃいますでしょうか？

經常受到您的照顧。很抱歉，佐藤部長不巧外出了，預定四點回來。他一
回來，我請他回您電話好嗎？
いつもお世話になっております。申し訳ありません。
佐藤はあいにく外 出しておりまして、四時には戻る
予定になっております。戻り次第、こちらから折り
返しお電話さしあげるようにいたしましょうか。

那，給您添麻煩了，就這麼拜託您了。
では、お手数をお掛けいたしますが、そのように
お願いいたします。

您是八潮企劃的宇治先生，對吧。我會確實轉達。我叫鈴木。
八潮企画の宇治様でいらっしゃいますね。確かに申し
伝えます。私、鈴木と申します。

鈴木小姐嗎？請替我向部長問好。那麼，再見。
鈴木さんでいらっしゃいますね。よろしくお伝えくだ
さい。では、失礼いたします。

再見。
失礼いたします。

換個方式說說看

申し訳ありません。佐藤はあいにく外出しておりまして、四時には戻る予定に
なっております。
→申し訳ありません。佐藤は外回りへ出ておりまして、帰社予定は午後四時とな
っております。（不好意思・佐藤外出跑業務了・預計下午四點會回公司。）
戻り次第、こちらから折り返しお電話さしあげるようにいたしましょうか？
→戻りましたら、こちらから折り返しお電話さしあげるようにいたしましょうか？
（如果他回來，我請他回您電話好嗎？）

主題相關字彙 言伝＝言付け（傳話）営 業＝外回り（業務；外務）

E-mail

ただいま戻りました。

あ、陳さん、お帰りなさい。

 超簡單文法！

從學校或公司回家，跟家人說「ただいま」（我回來了）；家人會跟你說「お帰り」（你回來啦）。但在公司或正式的場合裡，要用「ただいま戻りました」和「お帰りなさい」以表示更為客氣的態度。日文中很多招呼用語都是如此，例如「おやすみ」（晚安）改用「おやすみなさい」更客氣；「おはよう」（早安）改用「おはようございます」更有禮貌。

84

我回來了。（同事）
ただいま戻りました。

啊，小陳，你回來啦。
あ、陳さん、お帰りなさい。

咦，部長出去了嗎？
あれ、部長は出かけたんですか？

是啊。正好剛剛，你們剛好錯過了呢。部長交待了些話，是之前那個合約，部長請你確認對方電子郵件後，聯絡他的手機。
はい。たった今。入れ違いでしたね。部長からの言伝ですけど例の契約のことで、先方からのメール確認後、携帯に連絡がほしいとのことでした。

我知道了。我馬上確認電子郵件。
わかりました。すぐにメールチェックします。

啊，還有，部長今天晚上有應酬，要請你儘早跟他聯絡喔。
あ、これから、部長は今晩接待が入っているから、連絡はなるべく早めにということでしたね。

啊，那個美國客戶啊。
あ、あのアメリカのお客様のね。

嗯。
ええ。

換個方式說說看
連絡はなるべく早めに
＝連絡はその前までに（請在那之前連絡）

主題相關字彙
接待ゴルフ（應酬打高爾夫）
メールを確認する（確認電子郵件）

Yahoo Messenger

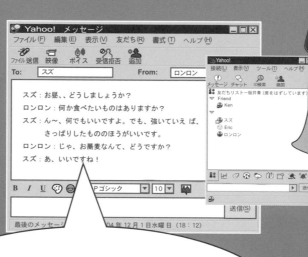

スズ：お昼、、どうしましょうか？
ロンロン：何か食べたいものはありますか？
スズ：ん〜何でもいいですよ。でも、強いていえば、
　　　さっぱりしたもののほうがいいです。
ロンロン：じゃ、お蕎麦なんて、どうですか？
スズ：あ、いいですね！

超簡單文法！

「どう」（如何、怎麼樣）是副詞，一般用來修飾動詞，例如「どうしますか」（怎麼辦呢）「どう思いますか」（你怎麼想呢）。但「どう」是疑問的意思，屬於副詞，也可以單獨使用，表示疑問。這時候，可以直接加入表示肯定的助動詞「です」，再加上疑問的「か」來問「どうですか」（怎麼樣呢）。

作

Yahoo Messenger

中午要怎麼解決呢？（同事）

お昼、どうしましょうか？

你有什麼想吃的嗎？

何か食べたいものはありますか？

嗯～都可以啊。但是，硬要我說的話，清淡一點的東西比較好。

ん～、何でもいいですよ。でも、強いていえば、
さっぱりしたもののほうがいいです。

那，蕎麥麵怎麼樣呢？

じゃ、お蕎麦なんて、どうですか？

啊，不錯呢！

あ、いいですね！

那，12點10分在一樓台北銀行前等吧！

じゃ、12時10分に一階の台北銀行前で待ち合わせ
ましょう！

好，OK。

ええ、OKです。

有什麼事，再打手機跟我連絡。

何かあったら、携帯に連絡ください。

換個方式說說看

お昼、どうしましょうか？→ランチ、何にしましょうか？（午餐要吃什麼呢？）

主題相關字彙

ランチサービス（商業午餐）
ランチセット（午間套餐）
Aセット（A餐）日替わりランチ＝日替わり定食（每日變換菜色的午餐）
さっぱり＝薄味（清淡的）⇔こってり（濃稠的）
強いていえば＝どちらかというと＝あえていえば（真的要我說的話……）

操作影印機

あ、本当！ありがとうございました。

このボタンを押せば、機械が自動的にサイズ変更をしてくれますよ。ほら！

超簡單文法！

「くれます」是「給我」的意思，「飴をくれます」（給我糖）；「動詞て形＋くれます」則是「給我某個動作」，「買ってくれます」（買給我）。本來所謂「給我」應該是給說話者，但是對話中說的「サイズ変更をしてくれます」（為（我、你）變更尺寸），事實上指的卻是給聽話者；多指說話者將聽話者當成自己同一邊的人，所經常使用的句法。

不好意思打擾您的工作，可以麻煩您一下嗎？（新進職員）
お仕事中申し訳ありませんが、ちょっとよろしいですか？

好。（資深同事）
はい。

我想把這個縮小，但不知道設定的方法，可以請您教我嗎？
これを縮小したいんですが、設定方法がよくわから
ないので教えていただけますか？

紙張要多大的呢？
用紙はどう大きさにするんですか？

A4。
Ａ4です。

這時候，要先設定紙張的大小，按這個按鈕，機器就會自動變換尺寸了。妳看！
その場合は、まず、用紙の大きさを設定して、この
ボタンを押せば、機械が自動的にサイズ変更をして
くれますよ。ほら！

啊，真的耶！謝謝你。
あ、本当！ありがとうございました。

如果還有其他不懂的地方，都可以問我。
他に何かわからないことがあったら、何でも聞いて
くださいね。

換個方式說說看

このボタンを押せば、機械が自動的にサイズ変更をしてくれますよ。
→このボタンを押すと、サイズ変更ができますよ。
（按這個按鈕的話，就可以改變尺寸喔。）

主題相關字彙

カラーコピー（彩色影印）
モノクロ＝白黒（黑白）
手動＝マニュアル（手動）
自動＝オート（自動）

卡紙

最近、プリンターの
調子が悪いんですね。

プリントアウトが上手くいか
ないんですよ。

超簡單文法！

「上手く」是い形容詞「上手い」變化而來，意思是「技巧好、順利的」。漢字
同樣寫成「上手」，還有另一個な形容詞，讀做「じょうず」，也有「技巧好」
的意思。所以使用時要注意發音，以及い形容詞的變化方式喔。

好奇怪喔……（同事在自言自語）

おかしいなぁ...

怎麼了嗎？

どうかしましたか？

沒辦法順利列印耶。

プリントアウトが上手（うま）くいかないんですよ。

最近印表機的狀況很糟耶。

最近（さいきん）、プリンターの調子（ちょうし）が悪（わる）いんですね。

是啊。

ええ。

請人家看一次比較好吧。這樣子下去，會影響工作。

一度（いちど）見（み）てもらったほうがいいですね。このままですと、仕事（しごと）にも支障（ししょう）がありますし。

對啊。

そうですね。

那我馬上聯絡廠商，請他們派維修人員過來。

修理（しゅうり）の方（かた）に来（き）てもらうように、すぐメーカーに連絡（れんらく）します。

換個方式說說看

どうかしましたか？
→どうかしたんですか？＝どうしたんですか？（怎麼了嗎？）
プリンターの調子（ちょうし）が悪（わる）い
→プリンターの動（うご）きが悪（わる）い。（印表機的運作很糟）

主題相關字彙

印刷（いんさつ）する（印刷）
支障（ししょう）がある＝差（さ）し支（つか）える（有影響；阻礙）

客戶來訪

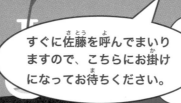

恐れ入ります。

すぐに佐藤を呼んでまいりますので、こちらにお掛けになってお待ちください。

「ちょっと待って」（等一下）是很多人都會說的一句日文，但也很多人誤用了這句話的說話場合。事實上「待って」或「待ってください」都還只是一般生活中，對朋友的說話方式；在工作場合上，要使用更有禮貌的尊敬語，「お＋動詞（ます）＋ください」就是「動詞て形＋ください」的尊敬語。所以，試著多用「少々お待ちください」吧，會讓你的人際關係更美好喔！

宇治先生，我正在等您呢。我帶您到會客室。（女職員）
宇治様、お待ちしておりました。応接室へご案内いたします。

啊，不好意思。（客戶）
あ、恐れ入ります。

請往這裡。（開門）
こちらへどうぞ。

打擾了。（進入會客室）
失礼いたします。

我馬上去叫佐藤，請先坐在這裡等一下。
すぐに佐藤を呼んでまいりますので、こちらにお掛け
になってお待ちください。

不好意思。
恐れ入ります。

請問您要喝咖啡還是日本茶？
お飲み物は、コーヒーと日本茶、いかがなさいますか。

啊，我要喝咖啡。
あ、コーヒーをいただきます。

換個方式說說看

すぐに佐藤を呼んでまいりますので、こちらにお掛けになってお待ちください。
→佐藤はただいま参りますので、少々お待ちくださいませ。
（佐藤馬上就來，請等一下。）
恐れ入ります。→どうぞ、お構いなく。（請別忙。）

主題相關字彙

肘掛け椅子（有手把的椅子）
ソファー（沙發）

久等了

いえいえ、今来たばかりですから。

お待たせいたしまして、申し訳ありません。

😊 超簡單文法！

「動詞た形＋ばかり」表示動作剛剛發生，但要嚴格說發生了多久的時間，就憑個人的主觀想法了，三天前回國也可以說是剛回國，例如「三日前、帰ったばかりです」。但若要表示動作真的剛發生沒多久，例如十分鐘前，也可以用「動詞た形＋ところです」，所以上面對話的句子，也可以用「今来たところです」。

工作

久等了

讓您久等了，真是對不起。（職員）

お待たせいたしまして、申し訳ありません。

哪裡哪裡，我剛來而已。您這麼忙，還撥時間給我，我才要跟您抱歉。（客戶）

いえいえ、今来たばかりですから。私のほうこそ、お忙しいところ、お時間を割いていただき申し訳ありません。

來！來！請坐下來。

さあさあ、どうぞお掛け直しください。

謝謝。（坐下）

失礼いたします。

嗯，你要說的是？

で、お話というのは？

是的，是關於新商品的事情。

はい、新商品の件なんですが、

嗯。

ええ。

就我們這邊，是考慮想在今年十月上市…

私どもといたしましては今年10月には市場に売り出したいと考えておりまして…

換個方式說說看

お待たせいたしまして、申し訳ありません。
→お待たせして、申し訳ありません。（讓您久等了，真是抱歉。）
お忙しいところ
→お忙しいところをお邪魔いたしまして（百忙之中打擾了。）

主題相關字彙

生産（生產）
出荷（出貨）
元値＝原価（原價）

部長召喚

どうぞ。

失礼いたします。お呼びで
ございますか？

對長輩上司說話中提到自己的動作時，用「謙讓語」來表達敬意。「お＋動詞（ます）＋です」也是常用句型。如果再把「です」換成「でございます」，會更有禮貌。「です」（一般形）＝「でございます」（禮貌形），百貨公司或餐廳等服務人員最經常使用這種句法與顧客說話，例如「かばん売り場は二階でございます」（皮包賣場在二樓）

請進。（部長）
どうぞ。

 打擾了。您叫我嗎？（秘書）
失礼いたします。お呼びでございますか？

 啊，是關於這個月的業績。
いや、今月の業績のことなんだけどね。

 是。
はい。

 妳去收集一下拿過來給我。
集計して持ってきてくれるかな。

 好的。我知道了。
はい。かしこまりました。

 啊，明天之內要完成喔。後天我要跟社長報告。
あ、明日中に仕上げてね。明後日、社長に報告するから。

 到明天是嗎。我了解了。
明日までですね。承知いたしました。

主題相關字彙
業績報告（業績報告）
業績悪化（業績惡化）
業績不振（業績不振）
研究業績（研究成果）
業績を挙げる（業績平穏）
業績が安定する（舉出業績）
データベース（資料庫）
データをまとめる（收集資料）

業績報告

それにしても、この落ち込みはここ数ヶ月で最悪だな。

今月は大型連休のしわ寄せを大きく受けましたため…

😊 超簡単文法！

い形容詞的「い」改「く」，變成副詞，可修飾動詞。對話中將「大きい」→「大きく」修飾「受けました」（大受影響）。但有幾個特別單字，還多了名詞意義，例如「近い」（近的）→「近く再会しようと思う」（我想近期內再見面＜副＞）→「近く」（附近＜名＞）；「早い」（早的）→「早く帰ります」（早點回家＜副＞）→「早く＜名＞」（很早的時間）。

部長，我整理好這個月的業績拿來了。是這份資料。（職員）
部長、今月の業績をまとめたものを持ちいたしました。
こちらになります。

這個月不太好耶。（部長）
今月はパッとしないね。

這個月因為受到多天連續假期的不利條件影響……
今月は大型連休のしわ寄せを大きく受けましたため…

話雖如此，這種低迷狀況可是這幾個月來的新低呢。唉，算了。謝謝。不好意思，營業三課的新井在嗎？在的話叫他過來。
それにしても、この落ち込みはここ数ヶ月で最悪だな。
まあ、いい。ありがとう。悪いけど、営業三課の新井
君いるかな？いたら呼んできてもらえる？

是。
はい。

還有，週會的資料要先在這星期內依照人數份量做完喔。
それから、週明けの会議の資料は今週中に人数分
作成しておいてよ。

是的。我知道了。我一完成就拿過來。那麼，我離開了。
はい。承知いたしました。出来上がり次第、お持ちい
たします。それでは、失礼いたします。

換個方式說說看
今月は大型連休のしわ寄せを大きく受けましたため…
→今月は大型連休の影響で…（這個月受到連續假期的影響…）

主題相關字彙

しめる（截止）
25日締め（25日截止）
ノルマ（個人工作量）
お説教（說教）

倒茶

じゃ、これはどうですか？

お客様、コーヒーよりも日本茶がいいって、おっしゃっていたんですよ。

coffee

超簡單文法！

「より」是「比較」，「よりも」多了語氣上的強調。一般用「ＡはＢより～」（Ａ比Ｂ～）句型；兩者相比較的重點在於各種形容詞，例如比高比美比聰明。對話中將Ｂ與Ａ對調，「ＢよりもＡが～」（比起Ｂ，Ａ更～），「コーヒーよりも日本茶がいい」（比起咖啡，茶更好）。也可在Ａ後面加上「の＋ほう」（的一方），「コーヒーよりも日本茶のほうがいい」（比起咖啡，茶這一邊更好）。

 妳在找什麼啊？（男同事）
何を探しているんですか？

 我想端茶給客人，可是找不到茶葉罐…
お客様にお茶をお出ししたいんですが、茶筒が見当たらなくって…

 不是已經喝完了嗎？
もう飲み終わったんじゃないですか？

 啊，客人說不要咖啡要日本茶耶。
えっ、お客様、コーヒーよりも日本茶がいいって、おっしゃっていたんですよ。

 那，這個怎麼樣呢？
じゃ、これはどうですか。

 茶包嗎？
ティーバッグですか。

 只能拿這個代用了。
これで代用するしかないですね。

 雖然對客人不好意思，但也沒辦法了。
お客様には申し訳ないですけど、仕方がないですね。

換個方式說說看
コーヒーよりも日本茶がいいって、おっしゃっていたんですよ。
→日本茶のほうがいいと…（客人說日本茶比較好……）

主題相關字彙
給湯室（茶水間）　　　　茶托（茶托盤）
急須（泡日本茶的茶壺）　　お盆（托盤）
湯飲み（日式茶杯）　　　　流し（水槽）

道人長短

甲斐さんが婚約したそうですね。

ああ、そうらしいですね。

超簡單文法！

將一個完整句子的後面加上「そうです」，就表示「聽說～」。如果要補充說明資訊來源，可用「～によると」來表示，例如「噂によると、彼は婚約したそうです」（根據謠傳，聽說他訂婚了）。但是如果是「動詞ます形＋そうです」卻會變成「好像快要～」的意思，例如「雨が降りそうです」（好像快要下雨了）。

Track-44

聽說甲斐訂婚了耶。（同事）
甲斐さんが婚約したそうですね。

啊，好像是。
ああ、そうらしいですね。

聽說不舉行結婚典禮耶。
結婚式は挙げないそうですよ。

最近這種樸素婚禮很多。
最近は地味婚が多いですね。

花幾百萬元在喜宴上的確是很浪費。
披露宴に何百万円も使うのも、もったいないですものね。

那也是啦。景氣也不好。
それはそうですね。景気も悪いですし。

啊，還有啊，聽說她婚後也要繼續工作。
あ、それから。結婚後も仕事を続けるんですって。

欸～這樣啊。
へ～、そうなんですか。

投影機

今から緊張していますよ。

いよいよ明日はプレゼンですね。

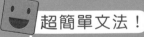

超簡單文法！

「いよいよ」是副詞，表示期待已久的事情總算要實現了；類似的用法還有「と
うとう」或「ついに」（總算要～）。而其他經常用在表示時間將到的副詞還有
「そろそろ」、「もうすぐ」、「まもなく」（差不多要～、快要～、馬上～）
等，但只單純表示時間的到來，並不包含期待的心情。

104

明天終於要做簡報了。
いよいよ明日はプレゼンですね。

哎呀！我不太習慣用投影機做簡報，現在就開始緊張了。
いや～、プロジェクターを使ってプレゼンするのは
あまり慣れていないんで、今から緊張していますよ。

會來很多客人吧。
お客様もたくさんいらっしゃるんですよね。

是啊。而且社長也會出席呢。
はい。それに社長も同席しますからね。

很緊張吧。加油喔。
緊張しますね。頑張ってください。

雖然從頭到尾都準備好了，但是今天晚上大概睡不著吧。
準備は一通りできているんですけど、今晩は眠れそう
にありませんね。

啊，會議室那邊，做簡報的準備都好了喔。
あ、会議室の方はプレゼンの用意ができていますからね。

謝謝。
ありがとう。

換個方式說說看

明日はプレゼンですね。→プレゼン、明日ですね。（簡報・是明天吧。）

主題相關字彙

プレゼンテーション（簡報）
緊張する（緊張）
ドキドキする（緊張得心跳加速）
パワーポイント（PowerPoint）

モニターの画像も問題なかった？

はい。ただ、マイクの調子が少し悪いようなんです。

超簡單文法！

「調子」可以指人或機器的狀況，例如「体の調子」（身體狀況）、「胃の調子」（胃的狀況）、「パソコンの調子」（電腦的狀況）等。而且所謂狀況，一般只有好與不好的差別，例如「調子がいい」（狀況好）、「調子があまりよくない」（狀況不太好）、「調子が悪い」（狀況差）這幾種。

有關明天跟韓國做視訊會議的準備，各機器從頭到尾都確認完畢了。（同事）
明日の韓国とのテレビ会議の準備なんですが、各機器のチェックは一通り済みました。

螢幕的畫面也沒問題吧？（部長）
モニターの画像も問題なかった？

是的。只是，麥克風的狀況好像有點不良。
はい。ただ、マイクの調子が少し悪いようなんです。

啊，這樣啊。
えっ、そう。

因為三點要跟韓國進行雙邊確認會議，怕到時候有不良的地方，已經請修理人員在明天會議前修好。
3時に韓国側と合同チェックを行いますので、そこで不具合があるようでしたら、明日の会議までに修理の方に直していただくよう手配済みです。

明天的會議對我們而言，是很重要的會議。所以要麻煩妳囉。
明日の会議はうちにとって、重要な会議だからね。よろしく頼むよ。

是。
はい。

換個方式說說看
モニターの画像も問題なかった？
→モニターの映りも支障がなかった？（螢幕的畫面影像也沒問題吧？）
マイクが調子少し悪いようなんです。
マイクが調子悪いようなんです。（麥克風狀況好像不太好。）

主題相關字彙
国際会議（國際會議）
ミーティング（會議）
ネットミーティング（視訊會議）

下班

お疲れ様でした。

ええ、お疲れ様でした。
お先に失礼いたします。

😊超簡單文法！

「お疲れ様でした」和「ご苦労様でした」都是用在對人辛勞工作時的口頭慰問。但對長輩或上司，或需要表示客氣的態度時用「お疲れ様でした」，而對平輩或晚輩則可使用「ご苦労様でした」。有時也將後半部的「でした」省略，或改成「お疲れさん」。但別忘了，省略或變音都是不夠正式的用法喔。

今天加班嗎？（同事）
今日は残業ですか？

嗯，韓國客戶的估價單還沒來呢，明天早上必須交給部長。
ええ、韓国のお客様からの見積もりがまだ届かないんですよ。明日の朝には部長に渡さなくてはいけないので。

這樣啊。
そうですか。

嗯，反正等的時候，也可以把其他事情整理完。山田你要回家了嗎？
ま、待っている間にほかの仕事を片付けることができますから。山田さんはお帰りですか？

嗯，今天就到這裡告一段落。
ええ、今日はこの辺で切り上げます。

辛苦了。
お疲れ様でした。

嗯，妳也辛苦了。那我先走了。
ええ、お疲れ様でした。お先に失礼いたします。

🗨 主題相關字彙

サービス残業（義務性加班）
残業手当（加班費）
定時（定時）
フレックスタイム（彈性上班時間）
コアタイム（固定上班時間）

はい、とりあえずはそれでお願いします。

Unit 4 出餐外用

ご注文は以上でよろしいですか。

決定地點

ええ、そうしましょう！

じゃ、ここにしましょうか？

😊 超簡單文法！

「名詞＋に＋します」句型是「表示決定某件事物」之意，點餐或購物時最常用，例如「カレーライスにします」（我要咖哩飯）、「この赤いセーターにします」（我要這件紅毛衣）。但點餐時也最常用基礎的「AはBです」來表達，「私はカレーライスです」；而購物時也可代換「名詞＋を＋ください」的句型，也可說「この赤いセーターをください」。

track-48

 這一帶有很多品味不錯的餐廳呢。
この辺(へん)はおしゃれなレストランが多(おお)いですね。

 是啊。要去哪一家呢？
ええ。どのお店(みせ)に入(はい)りましょうか。

 啊，這家店，我之前在雜誌上看過喔！
あ、このお店(みせ)、この前(まえ)雑誌(ざっし)で見(み)ましたよ！

 義大利菜嗎？
イタリア料理(りょうり)ですか。

 嗯。主廚是義大利人，菜又好吃，聽說很有名喲！
ええ。シェフがイタリア人(じん)で、料理(りょうり)もおいしいから
有名(ゆうめい)なんですって！

 啊，不錯耶！
あ、いいですね！

 那，就決定這裡吧？
じゃ、ここにしましょうか。

 好，就這樣吧！
ええ、そうしましょう！

換個方式說說看

ここにしましょうか。
→このお店(みせ)に入(はい)ってみましょうか。（進去這家店看看吧！）
→ここで食(た)べてみますか。（在這裡吃吃看吧？）

主題相關字彙

レストラン（餐廳）　　　　中華料理(ちゅうかりょうり)（中菜）
定食家(ていしょくや)（午餐店）　　日本料理(にほんりょうり)（日本菜）
カフェ（咖啡廳）　　　　　フランス料理(りょうり)（法國菜）
ラーメン家(や)（麵店）

20分ほどお待ちいただくことになります。

何分ぐらい待ちますか？

😊 超簡單文法！

「ぐらい」接在名詞後面，表示大約的份量或程度，例如「10歲ぐらいの子ども」（十歲左右的孩子）、「このぐらいのかばん」（大約這麼大的皮包）。而「ほど」的用法之一，也是表示大約的時間，所以對話中問句雖然用「何分ぐらい」，但是用「20分ほど」回答。

歡迎光臨！請問幾位？（女服務生）
いらっしゃいませ！何名様_{なんめいさま}でいらっしゃいますか。

三個人。
三人_{さんにん}です。

不好意思，現在客滿了。一有空位就會叫您，可以請您在這裡等一下嗎？
申_{もう}し訳_{わけ}ありませんが、ただいま満席_{まんせき}となっております。席_{せき}が空_あき次第_{しだい}お呼_よびいたしますので、こちらでもう暫_{しばら}くお待_まちいただけますか。

等位

要等幾分鐘呢？
何分_{なにふん}ぐらい待_まちますか。

大約要請您等二十分左右。
２０分_{にじゅっぷん}ほどお待_まちいただくことになります。

知道了。
わかりました。

對不起，可以將您的名字登記在這裡嗎？
恐_{おそ}れ入_いりますが、こちらにお名前_{なまえ}をいただけますか。

好。
はい。

帶位

😊 超簡單文法！‥‥‥‥‥‥‥‥‥‥‥‥‥‥‥‥‥‥‥‥‥‥‥‥

「お＋動詞（ます）＋します」「お＋動詞（ます）＋いたします」都表示謙虛自己的動作，以表示對長輩的敬意。但是III類動詞的「説明します」「案内します」「連絡します」等所謂的「動作性名詞」＋「します」的動詞，則直接在動詞的前面加上「ご」就可以了。當然囉，想更客氣點，就再將「します」改「いたします」。

116

栗田先生。（女服務生）
栗田様。

這裡。
はい。

讓您久等了。我為您帶位。
大変お待たせいたしました。お席へご案内いたします。

不好意思。
恐れ入ります。

這裡有高低差，請小心腳步。
段差がありますので、お足元にお気をつけください。

好。
はい。

請坐這個位子。我現在就拿菜單過來，請等一下。
こちらのお席へどうぞ。ただいまメニューをお持ちいたしますので、お待ちくださいませ。

好。麻煩妳了。
はい。お願いします。

換個方式說說看

お席へご案内いたします。
→お席のご用意ができましたので、ご案内いたします。
（座位準備好了，我帶您入座。）

主題相關字彙

テーブル（餐桌）
満席（客滿）
カウンター席（吧台座位）

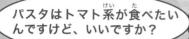

討論菜單

何を頼みましょう？サラダ、パスタ、ピザ、色々ありますね。

パスタはトマト系が食べたいんですけど、いいですか？

超簡單文法！

「動詞（ます）＋たい」表示「想做～」，「靴が買いたい」（想買鞋）、「水が飲みたい」（想喝水）。但是若是想要的內容是一個名詞事物時，則要用「～が欲しい」，例如「靴が欲しい」（想要鞋子）、「水が欲しい」（想要水）。

有套餐和單點，要哪一種呢？
コースとアラカルトとありますけど、どちらにし
ましょうか？

嗯～如果點套餐，可以選的東西都被決定了，單點分著吃好不好？
ん〜、コースだと、選べるものが決まっているから、
アラカルトにしてシェアしましょうか？

好啊！
それがいいですね。

點些什麼呢？有沙拉、義大利麵、披薩…各式各樣耶。
何を頼みましょう？サラダ、パスタ、ピザ、色々あり
ますね。

義大利麵我想吃紅醬（蕃茄口味的），可以嗎？
パスタはトマト系が食べたいんですけど、いいですか？

當然囉。請早苗小姐選。
もちろんですよ。早苗さんが選んでください。

那，我要「茄子蕃茄義大利麵」。披薩要怎麼辦呢？披薩請笈川先生決定吧。
じゃ、『ナスとトマトのスパゲッティー』にします。ピザ
はどうしますか？ピザは笈川さんが決めてくださいね。

那麼，「海鮮披薩」怎麼樣？然後，沙拉…
それでは、『シーフードピザ』はどうですか。それから、
サラダは…

🎵 **主題相關字彙**

スパゲッティー（麵條）　　　　ペペロンチーノ（蒜片辣椒義大利麵）
マカロニ（管麵）　　　　　　　うす生地（薄皮）
カール（螺旋麵）　　　　　　　パンピザ（厚皮）
ナポリタン（蕃茄肉醬義大利麵）　トッピング（加料）
カルボナーラ（奶油培根義大利麵）
ボンゴレ（白酒蛤蜊義大利麵）

點菜

track-52

請問決定了嗎？（女服務生）
お決まりでございますか。

嗯。這個…「山藥泥納豆義大利麵」和「焗烤肉醬馬鈴薯」和「和風沙拉」。然後，還要「香米可樂餅」和「蒜味吐司」。飲料要兩杯生啤酒。
はい。ええと、「とろろ納豆スパゲッティー」と「ポテトのミートグラタン」と「和風サラダ」。それから、「ライスコロッケ」と「ガーリックトースト」をお願いします。飲み物は、生ビール二つで。

好的。我重複一次。「山藥泥納豆義大利麵」「焗烤肉醬馬鈴薯」「和風沙拉」「香米可樂餅」和「蒜味吐司」。然後是兩杯「生啤酒」對嗎？
かしこまりました。ご確認させていただきます。「とろろ納豆スパゲッティー」「ポテトのミートグラタン」「和風サラダ」「ライスコロッケ」「ガーリックトースト」。それから、「生ビール」が二つでよろしいですか？

對。
はい。

點餐這樣就夠了嗎？
ご注文は以上でよろしいですか。

嗯。先這樣，麻煩妳了。
はい。とりあえずはそれでお願いします。

好的，我知道了。
はい。かしこまりました。

換個方式說說看
ご注文は以上でよろしいですか。
→以上でよろしいでしょうか。（以上這樣就夠了嗎？）

主題相關字彙

オーダーする（點菜）
頼む（點餐）
ラストオーダー（最後點餐時間）
サイドメニュー（附餐菜單）
デリバリー（外送）

加點

そうですね。よかったら、
もう少し頼みませんか？

このレストランの料理は、
どれもおいしいですね。

😊 超簡單文法！

「よかったら」是い形容詞「いい」的假設語氣而來。「如果好的話……」，事實
上中文裡比較接近「如果你願意的話…」的意思，是對話中經常用的詞彙，也是詢
問對方意願較有禮貌的態度。例如，「よかったら、遊びに来てね」（如果你願意
的話，來找我玩嘛）、「よかったら、どうぞ」（如果你願意的話，請拿吧）。

這家餐廳的菜，無論是哪一道都很好吃耶。

このレストランの料理^{りょうり}は、どれもおいしいですね。

對啊。可以的話，要不要再點一些呢？

そうですね。よかったら、もう少^{すこ}し頼^{たの}みませんか。

嗯。好啊。

ええ。いいですね。

順便，再點些酒吧！

ついでに、お酒^{さけ}も頼^{たの}みましょう！

啊，我已經夠了，酒就不用了。

あ、私^{わたし}はこれで十分^{じゅうぶん}ですから、お酒^{さけ}は結構^{けっこう}です。

啊，這樣子啊。那，再要一次菜單，選加點的東西吧。

あ、そうですか。じゃ、もう一度^{いちど}メニューをもらいますから、追加^{ついか}のものを選^{えら}びましょう。

好。

はい。

不好意思。可以給我菜單嗎？

すみません。メニューをいただけますか？

換個方式說說看

もう少^{すこ}し頼^{たの}みませんか。
→もう少^{すこ}し追加^{ついか}しませんか。（要不要再加點一些？）
メニューをいただけますか。
→メニューを持^もってきていただけますか。（請拿菜單給我好嗎？）

主題相關字彙

食^たべきれない（吃不完）
テックアウト（外帶）
持^もち帰^{かえ}り（外帶）

吃到飽

由美さんは、それだけしか取らないんですか？

ええ。でもサラダバーは食べ放題なんですから、そんなにたくさん取らなくても…

超簡單文法！

「だけ」是「只有」的意思，可以接在你想強調的字彙後面，「今日だけお酒を飲む」（只有今天喝酒）、「今日はお酒だけを飲む」（今天只喝酒）。而「しか～ない」的用法也是強調「只有」，但是後面一定要接否定，「今日はお酒しか飲まない」。而「だけしか」則是更強調「しか」的用法，後面也要接否定形。

 三浦先生，你的盤子跟山一樣高耶！
三浦さん、お皿山盛りですね！

 最近，蔬菜吃得不夠，所以如果不在這裡多吃一點的話啊。
最近、野菜不足なので、ここでたくさん食べておかないとね。

 嗯，但是沙拉吧是吃到飽的，不用拿這麼多吧…
ええ。でもサラダバーは食べ放題なんですから、そんなにたくさん取らなくても…

 由美小姐只拿這些嗎？
由美さんは、それだけしか取らないんですか。

 因為不夠的話，等下再拿就好了嘛。
だって、足りなかったら。また後で取りにくればいいじゃないですか！

 到那時候就沒有了喔！
この頃にはなくなってしまいますよ！

 沒有的話也會一直補上來的，沒問題的啦！
なくなっても、どんどん追加されますから大丈夫ですよ！

 啊，也對喔。
あ、それもそうですね。

換個方式說說看

由美さんは、それだけしか取らないんですか。
→由美さんは、それで足りますか。（由美・那樣夠嗎？）
また後で取りにくればいいじゃないですか！
→また後で取りにいけるんですから…（等一下還可以再去拿…）

主題相關字彙

ダイエット（減肥）
ドリンクバー（飲料吧）
飲み放題（無限暢飲）

超簡單文法！

中文習慣用「卡」一個字，來表示各種卡片，舉凡信用卡、提款卡、捷運卡等等都適用。在日文中也是，「カード」可以是「クレジットカード」（信用卡）、「キャッシュカード」（提款卡）、「テレホンカード」（電話卡）等等。

 track-55

八千六百五十日圓。（女服務生）
はっせんろっぴゃくごじゅうえん
8650 円でございます。

我要刷卡。
カードでお願（ねが）いいたします。

好的。那麼，請在這裡簽名。
かしこまりました。では、こちらにサインをお願（ねが）い
いたします。

好。
はい。

這是發票和信用卡的收執聯。
こちらがレシートとカードの控（ひか）えでございます。

嗯。啊，可以給我收據嗎？
りょうしゅうしょ
はい。あ、領収書をいただけますか。

好的，抬頭要怎麼寫呢？
あて な
かしこまりました。宛名はいかがなさいますか。

就寫「上」好了。
（當需要特別請服務人員寫抬頭名稱時，就用「上」代替。）
うえ　　けっこう
上で結構です。

換個方式說說看
カードでお願（ねが）いいたします。→現金（げんきん）でお願（ねが）いします。（我要付現。）

主題相關字彙
カードで支払（しはら）う（用信用卡付帳）
ご署名（しょめい）（簽名）
収入印紙（しゅうにゅういんし）（印花）
レジ（收銀台）
領収書（りょうしゅうしょ）（收據）
レシート（發票）

各付各的

超簡單文法！

「いや」是否定對方所說的話時，使用的感嘆詞，就是大家所熟悉的「いいえ」或「いえ」。表示贊成時，一般用「はい」，或是「ええ」。當然，最客氣的說法還是「はい」和「いいえ」。

（一邊將帳單給服務生）麻煩妳了。
お願いします。

要一起算嗎？（女服務生）
お会計はご一緒でございますか。

不，請分開結。
いや、別々にしてください。

好的，A餐的客人是一千二百日圓。
かしこまりました。Aランチのお客様、1200円でございます。

好。（付一千五百日圓）
はい。

收您一千五百日圓。找您三百日圓。
1500円、お預かりいたします。300円のお返しでございます。

嗯。
はい。

B餐的客人，一千二百五十日圓。
Bランチのお客様、1250　円でございます。

換個方式說說看

お会計はご一緒でございますか。
→お会計はご一緒になさいますか。（您要一起結帳嗎？）
別々にしてください。→別々でお願いします。（請幫我們分開結帳。）

主題相關字彙

割り勘にする（各付各的）
おごる（請客）
ごちそうする（請客）
ごちそうになる（請客）

私はＢ社のが気に入っているんです。

Unit 5 購物

私はC社の方が
好きです。

新商品

今日きょうのおやつはこれに
しましょうっと！

鈴すずさん、本当ほんとうに甘あまいものに
目めがないですね。

😃 超簡單文法！

「～に目がない」表示對某件事很熱衷，或是超喜歡的。日文裡有很多像這一類
利用身體部位表示的慣用語，一般會話中很常使用。例如「口が堅い」（口風很
緊）、「頭に来る」（發怒）、「手が早い」（手腳很快）、「腹が立つ」（生
氣）、「尻が長い」（到人家家裡坐很久）等。

要什麼呢？
<ruby>何<rt>なに</rt></ruby>にしましょうか。

是啊……啊！
そうですね。あ！

怎麼了？
どうしたんですか？

當季限量的白色巧克力開始賣了耶！你看！
<ruby>季節限定<rt>きせつげんてい</rt></ruby>でホワイトチョコレートが<ruby>発売<rt>はっばい</rt></ruby>されたんですね！ほら！

欸～，這種時候才有的限量商品啊。
へ～、この<ruby>時期<rt>じき</rt></ruby>だけの<ruby>限定<rt>げんてい</rt></ruby>なんですね。

今天的點心就決定是這個吧！
<ruby>今日<rt>きょう</rt></ruby>のおやつはこれにしましょうっと！

今天也是甜食嗎？小鈴，妳真是碰到甜食就沒輒啊。
<ruby>今日<rt>きょう</rt></ruby>も<ruby>甘<rt>あま</rt></ruby>いものですか。<ruby>鈴<rt>すず</rt></ruby>さん、<ruby>本当<rt>ほんとう</rt></ruby>に<ruby>甘<rt>あま</rt></ruby>いものに<ruby>目<rt>め</rt></ruby>がないですね。

是啊。我是公認的甜食派！
ええ。<ruby>自他共<rt>じたとも</rt></ruby>に<ruby>認<rt>みと</rt></ruby>める<ruby>甘党<rt>あまとう</rt></ruby>です！

主題相關字彙

<ruby>今<rt>いま</rt></ruby>だけの<ruby>限定<rt>げんてい</rt></ruby>（只有現在才有的限量品）
<ruby>期間限定<rt>きかんげんてい</rt></ruby>（限期商品）
<ruby>限定商品<rt>げんていしょうひん</rt></ruby>（限量商品）
<ruby>3時<rt>さんじ</rt></ruby>のおやつ（下午茶點心）
<ruby>辛党<rt>からとう</rt></ruby>（喜歡喝酒的人；不喜歡甜食的人）

超簡單文法！

一般而言，日文對話裡不太使用「私」，因為只要雙方互相瞭解目前的話題，省略第一人稱的情形就相當普遍，但是這個對話中卻少見地雙方都用了「私は…」，因為兩人各自在說明關於自己的想法，因此必須將主題拉回自己身上。

這個叫胺基酸飲料的，最近很受歡迎呢。

アミノ酸飲料って、最近人気がありますよね。

從名字看來就覺得很健康。我也很常喝喔。

名前からして、ヘルシーですよ。私もよく飲みますよ。

我也是。每次路過便利商店，不知不覺就買了。

私もです。コンビニに寄るとついつい買ってしまうんですよ。

因為對疲勞的恢復很有效嘛。

疲労回復にいいんですね。

是啊。好像不同廠商的，裡面加的酸會有些微的不同。好像是這樣子的。

ええ。メーカーによって、入っている酸が微妙に違うみたいですけど、そうらしいですね。

味道也很好！我喜歡B牌的。

味もなかなかですよね！私はB社のが気に入っているんです。

我比較喜歡C牌的。我還沒喝過B牌的。好喝嗎？

私はC社の方が好きです。B社のはまだ飲んだことがありません。おいしいですか。

沒有藥的感覺，很順口好喝喔！

薬っぽくないし、飲みやすくておいしいですよ！

換個方式說說看

私はC社の方が好きです。
→個人的にはC社…（我個人是比較喜歡C牌的…）

主題相關字彙

ヘルシー食品 （健康食品）
疲労回復＝疲れが取れる （消除疲勞）

推車

HAPPY SUPERMAKET

じゃ、こんな大きいカート
は必要ないですね。

でも、あまり買うものが
ありませんよ。

超簡單文法！

中文經常使用「～的～」來表現修飾名詞，而日文的修飾更多元，一是用い形容詞修飾「大きいかばん」（大的皮包）、二是用な形容詞修飾「丈夫なかばん」（堅固的皮包），也可用名詞來修飾「黒のかばん」（黑的皮包），以及用動詞修飾「私が買ったかばん」（我買的皮包），同樣是「的」，日文卻大大不同喔。

 要推車嗎？
カートにしますか。

 推車比較好嗎？
カートがいいですか。

 都可以啊。
どちらでも構いませんよ。

 但是，沒什麼要買的耶。
でも、あまり買うものがありませんよ。

 也是。只買一點點，沒必要用這麼大的推車。
そうですね。少ししか買わないのに、こんな大きい
カートは必要ないですね。

 我每次都在想，這家超市的推車不會太大了點嗎？
いつも思うんですが、ここのスーパーのカートは
ちょっと大きすぎませんか。

 嗯。那就用提籃吧？
ええ。じゃ、カゴにしましょうか。

 好啊！
それがいいですね！

換個方式說說看

あまり買うものがありませんよ。
→そんなに買いませんよ。（沒有要買那麼多啦。）
そんな大きいカート必要ないですね。
→カートにする必要はないですね。（不需要推車吧。）

主題相關字彙

ショッピングカート（購物推車）
買い物かご（購物籃）

産地直送
FRUIT

どうしましょう？輸入物と
国産、どちらがいいですか？

値段はちょっと高いですけど、
国産のにしましょうよ！

我還在想這蘋果很便宜，原來是外國貨。

このりんご安いと思ったら、外国産ですよ。

真的，很便宜耶。大小也比日本的小巧一點。

本当、安いですね。大きさも日本のよりも小ぶりですね。

嗯。國產的很大喔！你看！

ええ。国産のは大きいですよ！見てください。

欸～這是產地直銷的嗎？

へ～、産地直送ですか？

怎麼樣呢？進口的和國產的，哪一個比較好？

どうしましょう。輸入物と国産、どちらがいいですか。

價格雖然貴了一點，還是選國產的啦！

値段はちょっと高いですけど、国産のにしましょうよ！

是啊。因為這邊的是產地直銷，比較新鮮嘛。

そうですね。こちらの産地直送のほうが、新鮮ですからね。

嗯。

ええ。

換個方式說說看

輸入物と国産、どちらがいいですか。
→輸入物と国産の、どちらにしましょうか。（進口貨和國產品，要哪一個呢？）
値段はちょっと高いですけど…
→割高ですけど…（以價格來說貴了點……）

主題相關字彙

お買得（划算）
秋の味覚（秋季美食）
返品する（退貨）

今日は新しいのを買っておこうと思って。

香世さんはどのメーカーのポン酢が好きなんですか？

超簡單文法！

「動詞意志形＋思っている」表示傳達給他人自己想做的事，並且是從之前就在想了；而如果改成「動詞意志形＋思う」則表示為目前的想法。此外，「動詞原形＋つもりだ」也是類似的用法，中文多翻譯為「打算……」，通常用在比較需要積極努力去執行的規劃，例如「日本で働くつもりだ」（打算在日本工作）。

要買什麼的調味料啊？

何の調味料を買うんですか。

柚子醋。上次用了之後才發現，已經過期了。

ポン酢です。この前使った後で気がついたんですけど、賞味期限が過ぎてしまっていたんです。

哈哈！真像香世的作風！

ははっ！香世さんらしいですね！

對啦對啦！所以今天想先買瓶新的。

ですよね！だから、今日は新しいのを買っておこうと思って。

香世喜歡哪一家廠牌的柚子醋啊？

香世さんはどのメーカーのポン酢が好きなんですか？

還是這個第一名囉！

やっぱり、これが一番ですよ！

啊，這牌子的柚子醋很有名耶。

あ、ここのポン酢は有名ですね。

柚子味不會太重，酸味也恰到好處。用了這家的柚子醋，就不想用其他牌的了。

柚子の香りもしつこすぎないし、酸味もちょうどいいんです。ここのポン酢を使ったら、ほかのは使えなくなりますよ。

換個方式說說看

今日は新しいのを買っておこうと思って。→（今天想買新的…）
今日は新しいのを買わないと。→買っておかないと。（不先買起來的話…）
香世さんはどのメーカーのポン酢が好きなんですか？→香世さんはどこのメーカーのポン酢を使っているんですか？（香世用的是哪一家的柚子醋啊？）

主題相關字彙

醤油（醬油）
香辛料（香料）
塩（鹽巴）
ハーブ（香草）
胡椒（胡椒）
買い足す（加買）
みりん（味醂）

INFORMATION

新聞のチラシで見たんですが、紳士服のバーゲンは今日からですよね？

はい。

INFORMATION

😊 超簡單文法！

「～んですが～」用在需要尋求他人協助，先說明自己的情況時。「が」在這裡並沒有意義，只是單純表示前後句子的連接，最常看到的還有「すみませんが、……」（不好意思，請問……）。

不好意思。想請問一下。

すみません。ちょっとお伺いしたいんですが。

是。（百貨公司服務台小姐）

はい。

我看到報紙裡夾的廣告，男裝折扣是今天開始，對吧？

新聞のチラシで見たんですが、紳士服のバーゲンは今日からですよね？

是的。

はい。

在幾樓呢？

何階でしょうか？

在七樓的特賣會場。請從那邊的電梯上樓。

7階の特設会場でございます。あちらのエレベーターから上へお上がりくださいませ。

七樓的特賣會場是吧。

7階の特設会場ですね。

是的。

はい。

🎵 track-62

購物

特賣資訊

主題相關字彙

広告（廣告）
～フェア（～特賣會）
婦人服（仕女服）
子供服（兒童服飾）
家庭用品（家用品）
商品券（禮券）

西裝相關字彙

既製品（成品）
オーダーメイド（訂做）
セミオーダー（半訂製）
特注（特別訂製）

試穿

はい。かしこまりました。こちらへどうぞ。

すみません。これ、試着させていただけますか？

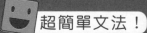

😊 超簡單文法！ ‥‥‥‥‥‥‥‥‥‥‥‥‥‥‥‥‥‥‥‥‥

當你想要主動要求對方讓你做某件事情時，用「動詞使役て形＋いただけませんか」（可以讓我～嗎？）是相當有禮貌的説法，「動詞使役て形＋もらえませんか」也可以。「動詞て形＋も＋いいですか」（我可以～嗎？）也是常用的句型。

144

不好意思……我可以試穿這件嗎？

すみません。これ、試着させていただけますか。

是的，我知道了。請往這邊。（女性店員）

はい。かしこまりました。こちらへどうぞ。

好。

はい。

請問您覺得怎麼樣呢？

お客様いかがでございますか。

不好意思。如果有比這個顏色再深一點的，可以給我看一下嗎？

すみません。これよりも濃い色がありましたら、
そちらも見せていただけますか。

是。我現在去找，請稍等一下。

はい。ただいま探してまいりますので、少々お待ち
くださいませ。

好。

はい。

讓您久等了。是這一件。

お待たせいたしました。こちらでございます。

換個方式說說看

試着させていただけますか。
→試着させていただきたいんですが。（我想要試穿。）
探してまいります。→お探しいたします。（我去找。）

主題相關字彙

試着室（試穿室）
フィッティングルーム（試穿室）
ジャケット（外套）
パンツ（長褲）

改尺寸

ちょっと長（なが）すぎますので、少（すこ）し短（みじか）くしていただけますか？

かしこまりました。

超簡單文法！

「い形容詞（去い）＋すぎる」、「な形容詞＋すぎる」都可表示「太過⋯」的意思。特別是形容詞變成了副詞，當然所有的變化也就要成動詞系列囉。「甘い→甘すぎる→甘すぎない→甘すぎた」（甜→太甜→不會太甜→太甜了），例如「このケーキは甘すぎなくておいしいです」（還個蛋糕不會太甜，很好吃）。

請問您覺得怎麼樣呢？（女性店員）
お客様、いかがでございますか。

尺寸也剛剛好。我要這套。
サイズもちょうどいいのでこちらをいただきます。

褲管長度可以嗎？
裾上げはいかがなさいますか。

這樣有點長，可以改短一點嗎？
これですとちょっと長すぎますので、少し短くして
いただけますか。

我知道了。這個長度怎麼樣？
かしこまりました。この長さはいかがでしょうか。

嗯。那就這樣，麻煩妳了。
はい。ではこれでお願いします。

改褲管大約要四天，四天後才能交給您，可以嗎？
裾上げに四日ほどかかりますので、お渡しは四日後以
降になりますが、よろしいでしょうか。

嗯。我不急，沒關係。
はい。別に急いでいませんので構いません。

主題相關字彙

お直し（修改）
丈（長度）
リフォーム（改裝）
デパートのサービス（百貨公司的服務）
ベビーカー貸出し（出借娃娃車）
車椅子貸出し（出借輪椅）
授乳室（哺乳室）
ベビーベッド（嬰兒床）

包装

赤（あか）でお願（ねが）いします。

リボンは赤（あか）、青（あお）、黄色（きいろ）が
ございますが、何色（なにいろ）がよろ
しいですか？

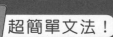

超簡單文法！

「AはBが～」的句型經常出現，「は」和「が」都有表示主詞的功能，出現於同一
句子時，可將「Aは」視為大主詞，「Bが」為小主詞，通常B是A的一部份。一個
蝴蝶結包含顏色、形狀、材質等，紅色和藍色在此都屬於蝴蝶結的一種選擇，因此
「リボンは赤と青がございます」（蝴蝶結有紅色和藍色），「リボンは」是大主
詞，「赤と青が」是小主詞。

請問您這個是自己要用的嗎？（女性店員）
お客様、こちらご自宅用でございますか。

不是，是禮物。
いいえ、プレゼントです。

包裝可以選有盒子的跟沒有盒子的。
包装は箱入りと箱なしからお選びいただけますが。

麻煩妳，我要有盒子的。
箱入りでお願いします。

知道了。蝴蝶結有紅色、藍色、黃色，您要哪一種顏色？
かしこまりました。リボンは赤、青、黃色がござい
ますが、何色がよろしいですか。

麻煩請用紅色的。
赤でお願いします。

紅色是吧。馬上為您包裝，可以稍等一下嗎？
赤でございますね。すぐに包装いたしますので、少々
お待ちいただけますか。

好。
はい。

換個方式說說看
何色がよろしいですか。
→何色になさいますか。（請問要哪種顏色呢？）
赤でお願いします。
→赤にしていただけますか。（可以給我紅色的嗎？）

主題相關字彙

ラッピング（包裝）
包装紙（包裝紙）

かしこまりました。

自宅まで配送していただきたいんですが。

😊 **超簡單文法！**

「かしこまりました」是「わかりました」（我知道了）的尊敬語。到日本旅遊，最常接觸的其實是各種服務人員，而他們都是用相當客氣的尊敬語來接待顧客。因此除了各種生活常用句型，多熟悉敬語的使用才能臨時碰到也不尷尬。敬語的表現有：「もらいます」用「いただきます」（接收）、「します」用「なさいます」（做）、「です」用「でございます」（表現肯定）。

track-66

我想請你們幫我宅配送到家裡。
自宅まで配送していただきたいんですが。

我知道了。這樣的話，可以請你填寫這張表格內粗框的欄位資料嗎？（男性店員）
かしこまりました。それでは、こちらの用紙の太枠の中をご記入いただけますか？

好。
はい。

可以指定商品的到貨日期和送貨日期，您要怎麼樣呢？
お客様、商品のお届け日とお届け時間がご指定できますが、いかがなさいますか？

到貨日就這個月二十六日，時間是六點到八點，可以嗎？
届け日は今月の 26 日で、時間は 18 時から 20 時にしていただけますか？

是的。我知道了。26日的晚上六點到八點送達。
はい。かしこまりました。 26 日 18 時から 20 時のご配達でございますね。

嗯。
はい。

確實收到您的資料了。這是顧客收執聯。謝謝您。
たしかに承りました。こちらがお客様控えでございます。ありがとうございます。

換個方式說說看

自宅まで配送していただきたいんですが。
→自宅まで送りたいんですが。（想送到家裡。）

主題相關字彙

配送料（運費）　　　　　　着払い（貨到付款）
宅急便（快遞）　　　　　　元払い（送貨人付款）
宅配便（送貨到府）　　　　配達時間指定（指定送貨時間）

まだ読んだことが
ありません。

Unit 6 人際關係

「陰陽師」のマンガを読んだことがありますか？

超簡單文法！

連結兩件內容矛盾的事物，並帶有意外或不服氣的情緒時，就可以使用接續助詞「のに」。動詞或い形容詞可以直接加「のに」，「頑張ったのに失敗した」（努力了卻失敗了）、「おいしくないのに高い」（不好吃卻很貴）；但名詞或な形容詞接「のに」時，要先加「な」，「料理が上手なのにあまり作らない」（很會做菜卻不太做）。

 track-67

 早安！（上班族）
おはようございます。

 啊，雅昭，早啊！（附近的阿姨）
あら、雅昭君、おはよう。

 散步嗎？
お散歩ですか。

 嗯。雅昭今天也要工作啊？
ええ。雅昭君は今日もお仕事。

 是啊。今天是假日加班。
はい。今日は休日出勤なんです。

 哎呀，明明是星期六真是辛苦啊。
あら、土曜日なのに大変ね。

 哪裡哪裡，沒有啦。那我走囉！
いえいえ、そんなことありませんよ。じゃ、いってきます！

 慢走！小心點！
いってらっしゃい！気をつけてね！

主題相關字彙

有給休暇（支薪休假）
代休（假日上班的補假）
フレックス制度（彈性上班制）
シフト製（輪班制）
時差出勤（為避開交通尖峰而提前或延後上班時間）

友情

うん。とっくに終わって、
もう提出したよ。

レポート、書き終わった？

超簡單文法！

跟朋友同學等熟人說話時，通常比較不拘謹，除了用普通形的表現之外，也常故意拉長音來表達情緒。「うん」是「はい」（是的）的意思；「自分で書きな」是「自分で書きなさい」（你自己寫）；「え———」＝「ええ？」；「手伝って———」＝「手伝って」；「いやだー」＝「いやだ」都是拉長音表現情緒。

報告寫完啦？
レポート、書き終わった。

嗯。早就寫完了，已經交了喔。（男同學）
うん。とっくに終わって、もう提出したよ。

せ──？什麼嘛，我以為秀行也還沒寫說……
えー？なーんだ、秀行も書いてないかと思ったのに…

喂喂！不會是那樣的吧。再說，明天才是繳交日啊。
おいおい、そんな訳ないでしょう。だって、提出日明日だよ。

啊─怎麼辦？完全不想寫。幫我啦──！
あー、どうしよう。全然やる気になれない。手伝ってー！

不要！妳自己寫啦。
やだよー！自分で書きなよ。

都欺負我！
いじめだー！

我沒有欺負妳啊！哎喲！你今天晚上加油熬夜啦！
いじめじゃないって！ま、今晩は頑張って徹夜してくださいな！

換個方式說說看

レポート、書き終わった？→レポート、出した？（報告，交了嗎？）
うん。とっくに終わって、もう提出したよ。
→うん。もう終わってるよ。（嗯。已經寫完了喔。）

主題相關字彙

論文（論文）
ゼミ（大學的小組討論課程）
部活＝クラブ活動（社團活動）
サークル（社團）

研究室（研究室）
学食（學生餐廳）
体育館（體育館）
校庭（校園）
校門（校門）

がんば
頑張りましょう！

がんば
はい。頑張ります。

😊 超簡單文法！

經常聽到「甘巴茶」（頑張って），這是請對方加油時說的，是「頑張ってください」（請加油）的省略。而當有人鼓勵你要加油的時候，你就要回答「頑張ります」（我會加油），「ます」除了是現在式和未來式，也含有個人的意思。而「頑張りましょう」則是鼓勵彼此互相加油的意思。

 track-69

就快要日語檢定考試了。（女老師）
もうすぐ日本語能力試験ですね。

是啊。我現在就很緊張了。（補習班學生）
はい、そうですね。今から緊張してしまいます。

書唸得有進展嗎？
勉強は進んでいますか。

雖然每天都在唸，但是總覺得記不起來，真傷腦筋。
毎日勉強しているんですけど、なかなか覚えられなくって困っています。

都唸到現在了，要有信心！再加把勁囉！
今まで勉強してきたんですから、自信を持ってください！もうひと頑張りですよ！

好。我會加油的！
はい。頑張ります。

加油吧！大家都還不來耶。
頑張りましょう！みんなまだ来ませんね。

我想大家都在加班吧。
みんな残業なんだと思います。

換個方式說說看
もうすぐ日本語能力試験ですね。
→日本語能力試験までもうすぐです？（快要日語檢定考試了喔？）

主題相關字彙
塾（補習班）
資格を取る（取得資格）
キャリア（技能）
キャリアアップ（提升技能）
学生割引（學生折扣）
焦る（焦急）
勉強がはかどる（唸得很順利）

母親節

（私はカーネーションとプレゼントをあげようと思っています。）

（美香さんは何をあげるんですか？）

下禮拜是母親節耶。
来週は母の日ですね。

對啊。美香要送什麼呢？
そうですね。美香さんは何をあげるんですか。

我想送康乃馨和禮物。
私はカーネーションとプレゼントをあげようと思っています。

康乃馨是母親節一定要有的！我也打算送這個。禮物還沒決定…
カーネーションは母の日の定番ですよね！私もあげるつもりです。プレゼントがまだ決まらなくって…

禮物，我選了圍裙喔。
私、プレゼントはエプロンにしましたよ。

啊，很實用，不錯耶。
あ、実用的でいいですね。

然後，我還想當天幫忙做一下家事。只有這個時候可以孝順父母嘛。
それから、当日は家事を手伝ってあげようかと思って。こういう時しか、親孝行できませんからね。

說的也是。
そうなんですよね。

換個方式說說看

何をあげるんですか。→何を贈るんですか。（要送什麼呢？）
→プレゼントは決めましたか。（禮物決定了嗎？）
→プレゼントどうしますか。（禮物要怎麼辦呢？）
→プレゼントは買いましたか。（禮物買了嗎？）

主題相關字彙
父の日（父親節）
敬老の日（重陽節）
こどもの日（兒童節）

檢定考報名表

あ、すみませんが、日本語
能力試験の申込書をいた
だけますか？

かしこまりました。

P160頁提到

😊 **超簡單文法！**

P160頁提到「もらう」（一般說法）＝「いただく」（謙虛說法）是接受別人給
的東西，這裡使用可能動詞「いただける」（可以得到）。如果直接翻譯成「可
以得到申請書嗎？」在這種場合當然是很怪的中文，但日文中卻經常使用這種表
現方式，讓自己委婉地來要求別人的給予，比直接用「くれる」（給我）客氣。

請問一下。我收到你們的通知，說前幾天訂的書到了，所以我過來拿。
すみません。先日注文した本が届いたとご連絡を
いただきましたので、取りに来たんですが。

瞭解了。請問您的姓名和書籍名稱。（書店店員）
かしこまりました。お名前と書籍名をお願いします。

我叫松崎。書名是「兔子的養育法」。
松崎と申します。本は『うさぎの育て方』です。

松崎小姐，是這一本吧。
松崎様、こちらでございますね。

對。
はい。

六百二十元。
620 元でございます。

啊，不好意思，可以給我日語檢定考的報名表嗎？
あ、すみませんが、日本語能力試験の申込書を
いただけますか。

好的。那一共是六百七十元。
かしこまりました。それでは、670 元になります。

主題相關字彙

新書（新書）
文庫本（口袋書）
ハードカバー（精裝書）
書籍（書籍）
小説（小說）

ベストセラー（暢銷書）
上巻・下巻（上集、下集）
発売日（發售日）
取り寄せる（訂購）
図書券（圖書禮券）

集點卡

ポイントカードはお持ちでいらっしゃいますか？

あ、すみません。今日は持ち合わせていません。

😊 超簡單文法！

「持ち合わせる」的意思是「當時剛好帶在身上」。而這裡的「動詞て形＋いる」表示動詞發生後一直維持的此結果狀態，所以「持ち合わせていません」可拆解為目前「不是」（否定形）「剛好帶在身上」（持ち合わせています）的狀態，就是「沒帶」的意思。

請問您有帶集點卡嗎？（店員）
ポイントカードはお持ちでいらっしゃいますか。

 啊，不好意思。今天沒帶。
あ、すみません。今日は持ち合わせていません。

 那我先把章蓋在發票上。
それでは、レシートにスタンプを押しておきますので。

 好。
はい。

 下次您來的時候，請帶這張發票過來。
次回お越しになる際にこちらのレシートをお持ちくださいませ。

 我知道了。啊，不好意思，可以幫我把麵包放在手提紙袋嗎？
わかりました。あ、すみませんが、パンは手提げの紙袋に入れていただけますか。

 是這種大小的，可以嗎？
こちらの大きさになりますが、よろしいですか。

 嗯。沒關係。
はい。構いません。

換個方式說說看
今日は持ち合わせていません。→忘れてしまいました。（忘記了。）

主題相關字彙
焼きたて（剛出爐）　　　フランスパン（法國麵包）
食パン（吐司）　　　　　クロワッサン（可頌）
メロンパン（菠蘿麵包）　ドーナッツ（甜甜圈）
あんぱん（紅豆麵包）

記事本

> このシールはどういう意味ですかね？

> 『お茶する』っていうことだと思いますよ。

166

😊 超簡單文法！

「どういう」的意思是「怎麼樣的」，文法中稱為「連體詞」，特徵是後面必須接名詞。例如「あの」（那個～）、「どの」（哪個）、「ある」（某個～）也都屬於連體詞，必須搭配名詞才有意義，像是「あの本」（那本書）、「どの人」（哪一位）、「ある日」（某天）。

小環已經買了明年的行程記事本了嗎？
環さんはもう来年のスケジュール帳を買いましたか。

還沒耶。差不多應該要買了。
まだなんですよ。もうそろそろ買わないといけませんね。

已經年終了嘛。
もう年末ですからね。

啊，這本很可愛耶。是小白兔的插圖。
あ、これなんかかわいいですね。うさぎのイラスト
ですよ。

嗯。但是明年不是兔年喔！
ええ。でも、来年の干支はうさぎじゃないですよ！

我知道啦！
知っていますよ！

咦～裡面還附貼紙嗎？這張貼紙是什麼意思啊？
へー、中にシールも付いているんですか。このシール
はどういう意味ですかね？

沒有寫字，但是小兔在咖啡杯裡，所以我想是「喝茶」的意思吧。
字がないですけど、うさぎがコーヒーカップに入って
いるから、『お茶する』っていうことだと思いますよ。

換個方式說說看

このシールはどういう意味ですかね？
→このシールは何の意味ですかね？（這個貼紙是什麼意思啊？）
『お茶する』っていうことだと思いますよ。
→お茶するっていうことじゃないですか？（不是喝茶的意思嗎？）

主題相關字彙

システム手帳（活頁記事本）　ファイル（檔案）
ノート（筆記本）　　　　　　のり（漿糊）
下敷（墊板）　　　　　　　　はさみ（剪刀）

12 支：（12生肖）
子　丑　寅　卯　辰　巳
午　未　申　酉　戌　亥

超簡單文法！

「動詞た形＋ことがあります」表示曾經做過某件事情的「經驗」，如果把句型拆解，可以發現是由「動詞た形」（過去式）＋「こと」（事情）＋「あります」（有）組成，可以解釋為「有一個過去的什麼事情」。但是一件過去的事，現在只能分「有」和「沒有」，所以否定必須用「動詞た形＋ことがありません」。

你有看過『陰陽師』的漫畫嗎？

『陰陽師』のマンガを読んだことがありますか。

啊，有拍成連續劇和電影對吧。我還沒看過。

あ、ドラマや映画になっていますよね。まだ読んだこと
がありません。

我最近看到第十一集了，很有趣喔。

最近 11 巻まで読み終えたんですけど、これがなか
なか面白いんですよ。

到底什麼是『陰陽師』啊？

『陰陽師』って、一体何ですか。

是平安時代時幫人加持祈禱的人。

平安時代に加持祈祷の仕事をしていた人たちのことですよ。

欸～，是一種行業啊。

へ～、職業の一つってことですね。

嗯。這個漫畫是描寫關於安倍晴明的。是把小說改成漫畫的。

ええ。このマンガは安倍晴明について書かれているん
ですよ。小説をマンガ化したものなんです。

也有小說啊。

小説もあるんですね。

🎵 主題相關字彙

マンガ家（漫畫家）
マンガ喫茶（漫畫咖啡廳）
コミック（漫畫）
アニメ（卡通）
週刊（週刊）
月刊（月刊）
巻（集）

平井堅、B'z、中島美嘉聞きますよ、大輔さんは？

私も平井堅やB'zのは好きですよ。

😊 超簡單文法！

「B'zのは好きだ」（喜歡B'z的），從談話中可理解喜歡的是歌曲，所以原意是「喜歡B'z的歌」，而這種語法中文裡也常出現，還原後變成「B'zの歌はすきだ」，但若改成「赤いのは好きだ」（喜歡紅的（傘）），還原後卻是「赤い傘は好きだ」，因此可知此處的「の」並不單純，它稱為「形式名詞」，可代替各種名詞，但並不負責接續時各種詞類的特徵變化。

大輔都聽什麼樣的歌？
大輔さんはどんな歌をよく聞くんですか。

歌曲啊，還是最喜歡日本的流行音樂。聰子呢？
歌は、やっぱり日本のポップスが一番好きですね。
聡子さんは？

我也是喔。
私もですよ。

妳都聽誰的歌呢？
どんな人のを聞くんですか。

我聽平井堅、B'z、中島美嘉的。大輔呢？
平井堅、B'z、中島美嘉聞きますよ、大輔さんは？

我也喜歡平井堅和B'z的歌。
私も平井堅やB'zのは好きですよ。

真的很好聽呢～我不太知道最近的歌。
いいですよね～。私、最近の歌はあまりよく知らない
んですよ。

我懂妳的意思！新的團體和歌手一直出現，所以有點跟不上流行對吧。
それ、わかります！新しいグループや歌手がどんどん
出てくるから、流行りにあまりついていけませんよね。

🐻 換個方式說說看

どんな歌をよく聞くんですか。
→どんなジャンルの歌をよく聞くんですか。（常聽什麼種類的歌？）

🐻 主題相關字彙

ロック（搖滾）
クラッシック（古典）
ジャズ（爵士）
レゲエ（雷鬼音樂）
ヒップホップ（嘻哈）

旅行

航空券の予約をしたいんですが。

どちらまででございますか？

😊 **超簡單文法！**

「動詞（ます）＋たい」表示想要做某個動作，「ご飯を食べる」（吃飯）→「ご飯を食べたい」（想吃飯）。也可把「を」換成「が」，則表示強調所想要的內容是「飯」，不是「麵包」等。但若是「出發離開點」（バスを降りる）和「移動經過地」（公園を散歩する）的「を」，則不可代換。

歡迎光臨！（旅行社女性職員）

いらっしゃいませ！

 我想訂機票。

航空券の予約をしたいんですが。

 請問到哪裡呢？

どちらまででございますか。

 洛杉磯。

ロサンゼルスです。

 洛杉磯是吧。請問要指定日期和航空公司嗎？

ロサンゼルスでございますね。日にちのご希望と航空会社のご指定はございますか。

 五月二十九日到六月八日。沒有特別要指定哪一家航空公司，但是可以儘量幫我選比較便宜的航空公司嗎？

5月 29 日から6月8日までです。航空会社の指定は特にありませんが、できるだけ運賃の安い会社にしていただけますか。

 我知道了。我立刻幫您查詢。

かしこまりました。ただいまお調べいたします。

 啊，我不要轉機，要直達的飛機，麻煩妳。

あ、乗り継ぎ便ではなく、直行便でお願いします。

主題相關字彙

発券する（出票）
ツアー（觀光旅遊）
一人旅（個人旅行）
個人旅行（個人旅遊）
新婚旅行（蜜月旅行）
慰安旅行（慰勞之旅）
社員旅行（員工旅遊）
朝食付き（附早餐）

名牌貨

あはは〜、コピー商品
ですね。

どうせねだっても、夜市の偽者
しか買ってもらえませんよ〜。

😊 超簡單文法！

「どうせ」是副詞，表示放棄、自暴自棄的消極態度，可譯為「反正…」。「動詞て形＋も」表示違反從前面句子看來應該要成立的事實，中文翻譯成「即使…也…」，例如「雨が降っても行く」（即使下雨也要去）。名詞的話，則加「で＋も」，「雨でも行く」（即使下雨也要去）。

這個名牌包包，好貴喔。

このブランドのかばんって高いですよね。

因為是精品名牌嘛！

高級ブランドですからね。

因為很多人在拿，所以沒有以前那麼難以靠近的感覺了。

持っている人が多いから、以前ほどは敷居が高い
イメージはなくなりましたけど。

對啊。但是以一般上班族、粉領族的薪水來說還是很難下得了手。

そうですよね。でも、平凡なサラリーマン・OLの給
料ではなかなか手が出ないですよ。

是啊。好想讓人在紀念日之類的時候買給我。

ええ。何かの記念日なんかに買ってもらいたいですよ。

啊，聖誕節快到了，黏著男朋友撒嬌看看，怎麼樣呢？

あ、クリスマスも近いことですし、彼にねだってみて
はどうですか。

反正撒嬌也只能買夜市的假貨啦～真品是絕對不可能的。

どうせねだっても、夜市の偽物しか買ってもらえませ
んよ～。本物は絶対に無理です。

哈哈哈哈～仿冒品啊。最近的仿冒品也做得很好，不錯啊！

あはは～、コピー商品ですね。最近のコピー商品はよ
くできているからいいじゃないですか！

換個方式說說看

どうせねだっても、夜市の偽物しか買ってもらえませんよ～。
→ねだっても、夜市の安物しか買ってもらえないですよ。
（撒了嬌，也只能買夜市的便宜貨啦。）

主題相關字彙

ブランド品（名牌貨）	ヴィトン（LV）	フェラガモ（Ferragamo）
海賊版（盜版）	シャネル（CHANEL）	セリーヌ（CELINE）
偽造する（偽造）	グッチ（GUCCI）	
エルメス（HERMES）	プラダ（PRADA）	

わかりました。身分証明書は必要ですか？

本を借りるにはカードが要りますから、まずあそこでカードの申請をしましょう！

35

😊 超簡單文法！

助詞「に」「で」「へ」加上「は」（對照比較）或「も」（也），都可以直接加上去，變成「には」「では」「へは」或「にも」「でも」「へも」。但是若是遇到「を」或「が」，則必須代換掉，例如「お酒を飲む」（喝酒）→「お酒は飲む」（有喝酒）、「お酒も飲む」（也喝酒）。

176

高橋先生，你是第一次來這個圖書館吧。
高橋さん、ここの図書館は始めてですよね。

是的。
はい。

因為借書需要卡，先在那裡申請卡片吧！
本を借りるにはカードが要りますから、まずあそこで
カードの申請をしましょう！

知道了。要身分證明嗎？
わかりました。身分証明書は必要ですか。

啊，說不定要喔。
あ、もしかしたら必要かもしれません。

我不知道今天有沒有帶來，怎麼辦呢？
今日持ってきているかわからないんですけど、どう
しましょう？

在那邊的櫃檯問問看吧！
あそこのカウンターで聞いてみましょう！

好啊。
そうですね。

換個方式說說看

本を借りるにはカードが要りますから…
→本を借りるときに、カードが必要ですから…（因為借書的時候，需要卡…）
→カードがないと、本を借りられませんから…（因為沒有卡的話，不能借書…）

主題相關字彙

返却ボックス（還書箱）　　休館日（休館日）
図書カード（圖書卡）　　　開館時間（開館時間）

加入聊天

檔案 編輯 顯示方式 特別功能 視窗 輔助說明

招待

ファイル送信

Webcam

音声チャット

アプリ

宛先

桜井青の発言
真理ちゃんがサインイン！
crazycatの発言
ええ。
桜井青の発言
三人で話しましょうか？
crazycatの発言
そうですね！

MSN Messenger

ファイル (F) メンバー (C)
操作 (A) ツール (T) ヘルプ (H)

状態
桜井青 （オンライン）

薫 （オンライン）

上海台北 （退席中）

倫君 （昼休み）

crazycat （オンライン）

Noriko （オンライン）

春天來了（オンライン）

 フォント 背景▼

ちょっと、声掛けてみます。

送

最後のメッセージは2011/3/25　午後03:45に受信

超簡單文法！

　「動詞て形＋みる」就是中文所謂的「做〜試試看」。而這個「みる」很容易聯想到另一個普通動詞的「見る」，但在這裡稱作「補助動詞」，雖然還多少保留原來的動詞意思，但不能寫出漢字，例如「買っておく」（先買著）「置く（放置）→おく」、「勉強している」（正在唸書）「居る（在）→いる」也是類似的例子。

人際關係

加入聊天

真理上線了！（在MSN上）
真理ちゃんがサインイン！

嗯。
ええ。

三個人一起說話吧？
三人で話しましょうか？

好啊！
そうですね！

我叫她看看。
ちょっと、声掛けてみます。

（過了一會兒）咦？
あれ？

怎麼了啊。
どうしたんですかね。

欸，沒進來耶。
ええ、入ってきませんね。

主題相關字彙

サインアウト（登出）
絵文字（圖畫文字）
顔絵文字（表情文字）
オンライン（上線）
オフライン（下線）
アカウント（帳號）
IP電話（網路電話）
ユーザー（使用者）

屋台料理が食べ
られますか？

一度も食べたことが
ないんですよ。

大頭貼

バックの模様もかわいいのが多いですね。

これは落書きができるから、楽しそうですよ。

超簡單文法！

い形容詞將「い」去掉再加「そうだ」，表示「看起來…的樣子」。當你尚未體驗過時，就必須使用這個句子。例如「おいしい」（好吃的）→「おいしそうだ」（好像很好吃），因為還沒吃之前不知道真正的味道如何，因此要用「看起來～」。而な形容詞則直接加在後面，「便利」（方便的）→「便利そうだ」（好像很方便）。

182

我們來拍大頭貼吧！
プリクラ撮りましょうよ！

好啊～。
いいですね～。

要選哪一種框呢？
どんなフレームのにしましょうか。

這個可以塗鴉，好像很好玩呢。
これは落書きができるから、楽しそうですよ。

背景圖樣也有很多可愛的耶。
バックの模様もかわいいのが多いですね。

就選這個吧？
これにしますか。

好，就這個。
ええ、そうしましょう！

那我去換錢來，等我一下。
じゃ、お金 両替してくるんで、ちょっと待って
ください。

主題相關字彙

消しゴム（橡皮擦）
ポーズを取る（擺姿勢）
アップ（近拍）
全身（全身）
背景＝バック（背景）
裏技（秘密招數）
機種（機種）
撮影する（拍攝）

看電影

いいですね。

售票處　　　　售票處　　　　售票處

A廳　　　　　　B廳　　　　　　C廳

夕飯を食べたら、映画でも見ましょうか？

場次	時間	場次	時間	時間
第一場	09:20〜	場	09:20〜11:40	0 20〜11:40
第二場	11:50〜	場	11:50〜14:00	〜14:00
第三場	14:10〜16	場	14:10〜16	〜16:30
第四場	16:40〜19:0	場	16:40〜19:00	〜19:00
第五場	19:10〜21:3	場	19:10〜21:30	19:10〜21:30
第六場	21:40〜24:0	場	21:40〜24:00	21:40〜24:00
第七場	24:10〜02:3	場	24:10〜02:30	24:10〜02:30

 超簡單文法！

約人家喝茶看電影，其實不是那麼絕對一定只能喝茶或看電影，只是舉個例子的話，這時可以用「でも」代替「を」的位置，「お茶を飲む？」（喝茶嗎）→「お茶でも飲む？」（喝茶之類的什麼嗎），其實要喝咖啡也行。這樣的問句方法留給對方更大的空間，也更體貼對方喔。

吃過晚餐之後,看個電影吧?
ゆうはん た えいが み
夕飯を食べたら、映画でも見ましょうか。

 好啊。
いいですね。

 那,吃飯前先把票買好吧!
しょくじ まえ か
じゃ、食事の前にチケットを買っておきましょう!

 嗯。先決定要看哪一部片吧!
さき み えいが き
ええ。先に見る映画を決めてしまいましょう!

 有想看的電影嗎?
み えいが
見たい映画はありますか?

 嗯~沒什麼特別想看的,有什麼比較好呢~?不好意思,我很優柔寡斷。
とく なに
ん~、特にないんですけど、何がいいですかね~。
ゆうじゅう ふ だん
すみません、優柔不断で。

 沒有沒有,沒關係啊。廣美小姐對恐怖片不太OK吧。那就選那其他的吧!
かま にが て
いえいえ、構いませんよ。ひろみさんはホラーが苦手
い がい
でしたよね。それ以外のジャンルのにしましょう!

 真高興你為我著想。啊,這部好像很有趣耶!
うれ
そうしていただけると嬉しいです。あ、これなんか
おもしろ
面白そうですよ!

換個方式說說看
ゆうはん た えいが み
夕飯を食べたら、映画でも見ましょうか。
はん あと えいが み
→ご飯の後で、映画でも見ませんか。(用餐後,要看個電影嗎?)

主題相關字彙
えいがかん まえう けん よやくけん
映画館(電影院)　　　前売り券(預售券)
ドキュメンタリー(紀錄片)　ハリウッド映画(好萊塢電影)
しょう
ラブロマンス(愛情片)　オスカー賞(奧斯卡獎)
しょう
SF(科幻)　　　　　アカデミー賞(日本金像獎)
アクション(動作片)　ロードショー(首映會)
ししゃかい
　　　　　　　　　　試写会(試映會)

畫展

こういうところは撮影禁止なんですよね。

ほら、あそこに書いてありますよ！

「動詞て形＋ある」表示某人為了某原因對某件物品做了動作後的狀態。美術館的人寫了禁止攝影的標語是「ある人が字を書きました」（某人寫了字）→但是我們看到這個標語的狀態是「字が書いてあります」（寫著有字），而「に」則表示存在的位置，「あそこに書いてあります」（在那裡寫著字）。

好久沒來美術館了。
久しぶりに美術館に来ました。

我也有 1 年沒來了。
私も一年ぶりですよ。

沒想到會這麼擠。
こんなに混んでいるとは思いませんでした。

是暑假，又是受歡迎畫家的展覽嘛。
夏休みですし、人気のある画家の展覧会ですからね。

就是啊。但是話說回來，每一張畫都很棒耶。真跡的衝擊力是完全不一樣呢！
そうですね。それにしても、どの絵もすごいでね～。
本物は迫力が全然違いますね！

嗯。只可惜不能拍照。
ええ。撮影禁止なのが残念なくらいです。

啊，這種地方是不能拍照的喔。
あ、こういうところは撮影禁止なんですよね。

看！那邊寫著呢！
ほら、あそこに書いてありますよ！

換個方式說說看

あそこに書いてありますよ！
→あそこに撮影禁止のマークがありますよ！（那裡有禁止攝影的標誌喔！）

主題相關字彙

厳禁（嚴格禁止）	記念館（紀念館）
ギャラリー（畫廊）	資料館（資料館）
アトリエ（工作坊）	作品（作品）
ミュージアム（博物館）	観覧料（參觀費）
博物館（博物館）	

企鵝寶寶

赤ちゃんが生まれたんですね。

ペンギンですよ。

超簡單文法！

「生まれる」＝「誕生する」，是小Baby出生的意思，小孩自己出生，用的是「自動詞」，媽媽生下Baby，則要用「他動詞」的「生む」＝「生する」，例如「お母さんが赤ちゃんを生む」（媽媽生小孩）。

是企鵝耶。

ペンギンですよ。

小孩生出來了呢。

赤ちゃんが生まれたんですね。

電視新聞也有播放喔。

テレビのニュースでもやっていましたよ。

哇～小小的好可愛喔。

へー。小さくってかわいいですね。

嗯，真的耶。

ええ、本当に。

但是，在這麼熱的國家裡，好像有點可憐。

でも、こんな暑い国にいるなんて、なんだか気の毒です。

這麼一說，好像每隻企鵝都沒什麼精神耶。

そういえば、どのペンギンも元気がないですよね。

這麼熱嘛！一定是中暑啦。

こんなに暑いんですもん。きっと夏バテですよ。

主題相關字彙

動物園 （動物園）
柵 （柵欄）
入園料 （入場券）
水族館 （水族館）
サファリパーク （野生動物園）
子供を生む （生小孩）
出産する （生產）
遠足 （遠足）
修学旅行 （校外教學）

黑咖啡

ガムシロは入れますか？

ミルクだけで結構です。

「結構」是な形容詞，有「好、滿足」之意，也有「足夠、充分」之意。因此，當被問到要不要再來一杯咖啡時，可以回答「いいえ、結構です」（不，我已經足夠了）來表示拒絕。若是被問到資料這樣寫可以嗎，可以回答「ええ、結構です」（是，好的）來表示OK。所以到底要肯定還是否定，可得小心喔。

小葵，要加糖漿嗎？
葵さん、ガムシロは入れますか。

只要牛奶就好了。俊介呢？
ミルクだけで結構です。俊介さんは？

啊，我要黑咖啡。
あ、私はブラックで。

這家店既安靜又悠閒自在耶。
このお店は静かでゆっくりできますね。

是啊。我有時很累的時候也會一個人來喔。
ええ。疲れたときに一人で来ることもありますよ。

這樣啊。
そうなんですか。

然後一邊看小說、一邊發呆。
それで、小説を読んだり、ボーッとしたりしているんです。

在這裡的話，會讓人想待很久呢。
ここでしたら、長居したくなりますね。

換個方式說說看

ガムシロは入れますか。
ミルクだけで結構です。
→ガムシロを入れますか。（要加糖漿嗎？）
いえ、結構です。（不要・謝謝。）

主題相關字彙

ブラック（黑咖啡）　　　　モカ（摩卡）
アメリカン（美式咖啡）　　ラテ（拿鐵）
ブレンド（特調咖啡）　　　エスプレッソ（義式濃縮咖啡）

下午茶

最後に、茶こしでこしながら、ティーカップに注いで完成です！

依照這裡所寫的步驟來泡茶看看吧！
ここに書いてある手順の通りに入れてみましょう！

那，我來唸，請美穗泡囉。
じゃ、読みますので、美穂さんが入れてください。

好，那麻煩你了。
はい。じゃ、お願いします。

首先，把熱水倒入茶壺內。
まず、お湯をティーポットに注ぐ。

好。倒進去了。
はい。注ぎました。

然後，蓋上蓋子悶3分鐘。
それから、蓋をして3分間蒸らす。

差不多三分鐘了喔。
もうそろそろ3分ですね。

最後，用濾茶器一邊過濾一邊倒入茶杯就完成了！
最後に、茶こしでこしながら、ティーカップに注いで
完成です！

換個方式說說看

ティーカップに注いで完成です！
→ティーカップに注いで出来上がりです！（倒入茶杯就完成了！）

主題相關字彙

チャイ（印度奶茶）	ティースプーン（茶匙）
アッサム（阿薩姆）	ハーブティー（花草茶）
ミルクティー（奶茶）	オレンジペコ（頂級紅茶）
ダージリン（大吉嶺）	ブレックファースト（早餐）
ティーマット（茶墊）	フレーバーティー（風味茶）

路邊攤

臭豆腐
每份四十元

一度も食べたことが
ないんですよ。

屋台料理が食べ
られますか？

所謂「可能動詞」，除了表示個人的「能力」，還有「允許」在某種條件下做某個行為的意思，翻譯成中文就更多元化了：「料理ができる」（會做菜）、「さしみが食べられる」（敢吃生魚片）、「教室でお菓子が食べられる」（在教室可以吃零食）、「一人で行ける」（能夠一個人去）。

夜市好熱鬧喔。（日本來的女性朋友）

夜市ってにぎやかなんですね。

是啊，每天晚上都這樣喔。繭子，妳敢吃路邊攤嗎？

ええ、夜は毎日こうですよ。繭子さん、屋台料理が食べられますか。

我沒吃過耶。

一度も食べたことがないんですよ。

可以的話，要不要挑戰看看呢？我推薦幾家店給妳。

よかったら、チャレンジしてみませんか。お勧めのお店をいくつか紹介します。

那就麻煩你了。

じゃ、お願いします。

首先，要不要從那家臭豆腐開始吃吃看？

まずは、あそこの臭豆腐から食べてみましょうか。

欸～聽名字就好像很臭很恐怖耶，好吃嗎？

えっー、名前からして臭そうで怖いんですけど、おいしいんですか。

很好吃喔。吃吃看就知道了。來，走吧！

おいしいですよ。食べてみたらわかります。じゃ、行きましょう。

換個方式說說看

チャレンジしてみませんか。→トライしてみませんか。（要不要試試看呢？）
→試してみませんか。（要不要試試看呢？）

主題相關字彙

ナイトマーケット（夜市）
露天（露天店面）
焼きビーフン（炒米粉）
牡蠣入りオムレツ（蚵仔煎）
果物ジュース（新鮮果汁）

養兔子

超簡單文法！

「AならB」「AとB」「AたらB」「AばB」都是假設語氣，都可譯成「如果…的話」，但卻各有重點，「なら」含有特定主題的意義；「と」是自然成立B；「たら」是A時間先於B；「ば」是成立B的條件。而這裡的「AならB」是判斷A這個主題，再陳述其意見或是要求。

寵物養小白兔，真是稀奇啊。兔子好像不容易養。

ペットでうさぎを飼うって珍しいですよね。うさぎって、飼いにくそう。

是嗎？如果我要養寵物的話，兔子很好啊。

そうですか。私はペットを飼うなら、うさぎがいいですよ。

那是因為由梨喜歡兔子嘛！

由梨さん、うさぎ好きですからね。

嗯。我是真的想養，正在調查各方面呢。

ええ、本当に飼おうと思っていて、今色々調べているんですよ。

妳想要哪種品種的兔子啊？

どんな品種のうさぎが欲しいんですか。

我想要像這種的，耳朵下垂的。

これみたいな、耳が垂れているのが欲しいです。

這隻像狗一樣的嗎？

この犬みたいなのですか。

才不是狗呢！你看，這裡不是寫著澳洲野兔嗎！

犬じゃないですよ！ほら、ここにロップイヤーって書いてあるじゃないですか！

🐻 換個方式說說看

私はペットを飼うなら、うさぎがいいですよ。→私はペットを飼うなら、うさぎを飼いたいですよ。（如果我要養寵物的話，我想養兔子。）

主題相關字彙

ペットブーム（養寵物風潮）　　動物病院（獸醫院）　　血統書（血統書）
ペットショップ（寵物店）　　　獣医（獸醫）　　　　　雑種（雜種）
ペットフード（寵物食品）　　　トリマー（寵物美容師）
ペットロス（寵物死亡症候群）　しっぽ＝尾（尾巴）
ペットホテル（寵物旅館）　　　飼育する（飼養）

買花

あの、花が欲しいんですが…

贈りものでございますか？

😃 超簡單文法！

「名詞＋が＋欲しい」（想要某物）通常視為一個句型來記憶，但事實上只是「欲しい」這個い形容詞的用法而已。而想要的內容只要是名詞，可以是具體的「カメラ」（照相機）、「お菓子」（點心），也可以是抽象的「時間」（時間）、「休み」（休假），也可以是人或動物，例如「彼氏」（男朋友）、「猫」（貓）等。

歡迎光臨！不介意的話，我來服務吧。（女性店員）
いらっしゃいませ！よろしかったら、承ります。

嗯～我想要買花…
あの、花が欲しいんですが…

是送人的禮物嗎？
贈りものでございますか。

嗯。是給女朋友的禮物，有什麼推薦的嗎？
はい。彼女へのプレゼントなんですけど、何かお薦め
はありますか。

有花束和這邊的桌上型花盆。
花束とこちらにあるようなアレンジメントがございま
すが。

就桌上型花盆，麻煩妳了。
アレンジメントでお願いします。

您要從這之中選嗎？
こちらの中からお選びになりますか。

不，可以幫我做一個一千元左右的，清爽的感覺的嗎？
いえ、1000元ぐらいで清楚なイメージのを作って
いただけますか？

換個方式說說看
あの、花が欲しいんですが…
→花をいただきたいんですが。（我想買花）
贈り物でございますか？
→プレゼントでいらっしゃいますか。（是送人的禮物嗎？）

主題相關字彙
切花（鮮花）
フラワーアレンジ＝フラワーアレンジメント（桌上型小花盆）

包紅包

紅包（ホンパオ）のようなものですね。

はい。おめでたいお祝い（いわ）のときに使（つか）うんですよ。

這個叫做祝賀袋，把新鈔放在裡面送給人家。

これはご祝儀袋といって、中に新札のお金を入れて贈るんですよ。

就像紅包一樣的東西嘛。

紅包のようなものですね。

嗯。慶祝喜事的時候用的。

はい。おめでたいお祝いのときに使うんですよ。

只有慶祝的時候嗎？

お祝いのときだけなんですか。

是啊。這裡寫著「壽」呢！在日文裡，是值得祝賀的意思。

そうですよ。ここに『ことぶき』って書いてありますね！日本語で、おめでたいっていうことです。

那，不是祝賀的時候怎麼辦呢？

じゃ、おめでたくないときはどうするんですか。

喪事的時候用一種叫做不祝賀袋的不同袋子。

弔事のときには不祝儀袋という違うものを使います。

依照婚喪分開使用，對吧。

慶弔によって使い分けるんですね。

婚禮相關字彙

ご祝儀を包む（包紅包）
お色直す（婚禮中新娘更換禮服）
ウェディングドレス（婚紗）
カクテルドレス（晚宴服）
タキシード（男士禮服）
ブーケ（捧花）
婚約（訂婚）
花嫁（新娘）
花婿（新郎）

新郎（新郎）
新婦（新娘）
結婚式を挙げる＝挙式する（舉行婚禮）
海外挙式（在國外舉行的婚禮）

喪事相關字彙

お香典（白包）　　お墓（墳墓）
お葬式（喪禮）　　喪服（喪服）
お通夜（守夜）　　お線香（香）
火葬（火喪）　　　お焼香（燒香拜拜）

生日派對

ケーキは涼子さんが買うって言っていました。

ケーキやプレゼントはどうするんですか？

超簡單文法！

「～と言っていた」表示傳達第三者的話。「加藤さんはあした出張すると言っていました」（加藤說他明天要出差），因為第三者所說出口的「言っていた」永遠是過去式的狀態，但說話的內容就不一定了。而「と」是指說話的內容，一般會話時經常變音為「って」。

下週六，要舉辦小茜的生日會，貴夫已經聽說了嗎？
らいしゅう どようび あかね たんじょうかい
来週の土曜日、茜さんの誕生会をやるんですけど、
たか お き
貴夫さんもう聞きました？

什麼？還沒聽說呢。在哪裡舉行呢？
き
え、まだ聞いていません。どこでやるんですか。

西門町的KTV，時間是晚上七點開始。
せいもんちょう じかん よる しちじ
西門町のKTVで、時間は夜の7時からですよ。

啊，那裡啊。那，蛋糕和禮物要怎麼辦呢？
あ、あそこですか。で、ケーキやプレゼントはどう
するんですか。

蛋糕，涼子說她要買。禮物各自帶囉。
りょうこ か い
ケーキは涼子さんが買うって言っていました。
かくじじさん
プレゼントは、各自持参です。

知道了。我會準備的。
よう い
わかりました。用意しておきますね。

然後，我們想給小茜一個驚喜，所以還沒告訴她這件事。
あかね おどろ おも
それで、茜さんを驚かせようと思っているので、この
はな
ことは話していないんですよ。

OK！到生日當天為止，要對小茜保密對吧！
あかね とうじつ ないしょ
OK！茜さんには当日まで内緒ってことですね！

換個方式說說看

ケーキやプレゼントはどうするんですか？→ケーキやプレゼントはどう
なっているんですか。（蛋糕和禮物要怎麼辦呢？）
りょうこ か い
ケーキは涼子さんが買うって言っていました。
りょうこ か
→ケーキは涼子さんが買うそうです。（聽說蛋糕是涼子要買。）

主題相關字彙

たんじょうかい たんじょうびかい
誕生会＝誕生日会＝バースデーパーティー（生日派對）
ないしょ ひみつ
バースデーケーキ（生日蛋糕）　　内緒＝秘密（秘密）
ろうそく
蠟燭＝キャンドル（蠟燭）

健身器材

私は大体 週 3回のペース
で来ていますよ。

美奈さんは週に何回ぐらい
来ているんですか。

哎呀！小稔，最近常見到你呢。
あら！稔さん、最近よく会いますね。

是啊。美奈一個星期來幾次啊？
ええ。美奈さんは週に何回ぐらい来ているんですか。

我大概一週三次的頻率吧。小稔呢？
私は大体 週3回のペースで来ていますよ。稔さんは？

我一週兩次就很吃力了。最近常加班，所以有常休息的傾向。
私は週2回が精一杯です。最近は残業が多くって休みがちなんですけどね。

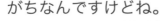

這樣啊。你的工作好像很辛苦。
そうですか。お仕事大変そうですね。

不把工作忙碌的壓力在這裡消除不行啊，美奈都只用健身器材嗎？
仕事が忙しい分、ここでストレス解消しないといけませんね。美奈さん、ここではいつもマシーンだけですか。

不。到上個月為止，只有健身器材和有氧運動，但是這個月也開始做瑜珈喔。
いいえ。先月まではマシーンとエアロビだけだったんですけど、今月からヨガも始めました。

瑜珈嗎？好像蠻能放鬆的。
ヨガですか。リラックスできそうですね。

主題相關字彙

スポーツクラブに通う（上健身房）　　サウナ（三溫暖）
フィットネス（健身運動）　　　　　　インストラクター（教練）
ジム（健身房）　　　　　　　　　　　筋肉（肌肉）
エアロビ＝エアロビクス（有氧舞蹈）　筋肉痛（肌肉酸痛）
プール（游泳池）　　　　　　　　　　ストレッチ（暖身操）

吃便當

ええ。いつもご飯の後で、本を読んだり、散歩したりしているんです。

ここにいるとのんびりできそうですね。

😊 超簡單文法！

「動詞た形＋り、動詞た形＋り、～する」的句型表示各種動作的舉例。例如「日曜日洗濯したり買い物に行ったりする」（星期天洗洗衣服，去買買東西），但還有其他行動沒有一一說出來。而當需要表示過去式或習慣等句型變化時，用後面的「する」來變，「きのう洗濯したり掃除したりした」（昨天洗衣服打掃了）。

小雪，妳午餐都在這個公園吃啊？
雪さん、ランチはいつもこの公園で食べているんですか。

對啊。除了下雨之外每天都來。
そうですよ。雨のとき以外は毎日ですね。

在這裡滿能悠閒自在的嘛。
ここにいるとのんびりできそうですね。

嗯。我總是吃過飯後，在這裡看看書、散散步。
ええ。いつもご飯の後で、本を読んだり、散歩したり
しているんです。

每天做便當嗎？
お弁当は毎日作っているんですか。

是啊。有上班的日子大概每天都做吧。
そうですね。仕事の日はほぼ毎日です。

每天做啊，真是厲害。
毎日作るなんて、すごいですね。

沒有啦。就是早上起來做一做，不知不覺變成習慣了啦。
そんなことないですよ。早起きして作るようになった
ら、いつの間にか習慣になっていただけですよ。

換個方式說說看

ここにいるとのんびりできそうですね。
→ここにいるとゆっくりできそうですね。　（在這裡滿能悠閒的嘛。）
→ここにいるとゆっくり休めそうですね。　（在這裡滿能悠閒休息的嘛。）
→ここにいるとゆっくりできるんじゃないですか。
　（在這裡滿能悠閒自在的・不是嗎？）
いつもご飯の後で、本を読んだり、散歩したりしているんです。
→いつもご飯を食べてから、本を読んだり、散歩したりしているです。
　（我總是吃過飯後，看看書、散散步。）

學游泳

先週習ったこと、忘れていないか心配です。

じゃ、ストレッチしてから、ちょっと泳いでみましょう！

😊 超簡單文法！

「〜ましょう」中文翻譯成「〜吧」。可以是雙方一起做這件事，也可以是說話的一方做，或是勸導對方來做。例如「一緒にお茶をしましょう」（一起喝茶吧）、「私が持ちましょう」（我來拿吧）、「さあ、行きましょう」（來，走吧）。

已經不怕水了吧？（學長）
もう、水が怖くなくなりましたか。

嗯。託學長的福，謝謝。
はい。先輩のおかげです。ありがとうございます。

今天的目標是自由式25公尺。
今日の目標はクロールで 25 ｍです。

能夠順利換氣就好了…
上手く息継ぎができるといいんですけど…

沒問題的啦。換氣，上個禮拜不是才會了？
大丈夫です。息継ぎは先週できるようになったじゃないですか。

我擔心上星期學的，是不是忘記了。
先週習ったこと、忘れていないか心配です。

那，做過伸展操後，就稍微游游看吧。
じゃ、ストレッチしてから、ちょっと泳いでみましょう！

知道了。我會加油！
わかりました。頑張ります！

主題相關字彙

平泳ぎ（蛙式）	スイミングスクール（游泳教室）
バタフライ（蝶式）	温水プール（溫水游泳池）
背泳ぎ（仰式）	水着（泳衣）
犬掻き（狗爬式）	水泳帽（泳帽）
飛び込み（跳水）	ゴーグル（蛙鏡）
飛び込み台（跳水台）	浮き輪（游泳圈）
水泳（游泳）	プールへ行く（去游泳池）
スイミング（游泳）	水泳を習う（學游泳）

處理各項郵務
POSTAL SERVICE

早く着くように速達にし
たいんですが、速達料金
はいくらかかりますか。

送達ですと、別途 30 元か
かります。

😃 超簡單文法！

「AようにB」是以A為目標，B則是指為了達到A所要做的努力。但A句必須是不
含有個人意志的自動詞、可能動詞、否定形等。例如「いえ買えるように、お金
をためている」（為了能買房子而在存錢）；如果改成「いえを買うために、お
金をためている」（為了要買房子而在存錢），就必須用「AためにB」的句型。

track-94

不好意思。我想寄這個到日本。
すみません。これを日本まで送りたいんですが。

航空信嗎？（郵務員）
エアメールでございますか。

是。然後，我希望用早點送到的限時專送，限時專送費會花多少錢呢？
はい。それから、早く着くように速達にしたいんですが、速達料金はいくらかかりますか？

限時的話，要多三十元，郵資總共是五十二元。
速達ですと、別途 30 元かかりまして、送料は 52 元になります。

那，就用限時的，麻煩你了。
じゃ、速達でお願いします。

知道了。剛好收您五十二元。
かしこまりました。52 元ちょうど、いただきます。

請問，所謂EMS，跟限時專送是一樣的嗎？
あの、このEMSっていうのは速達と同じなんですか。

是啊。雖然郵資稍微貴一點，但是因為有損壞賠償制度，可以很放心。別客氣，請拿這個簡介。
そうですね。料金は若干高めですが、損害賠償制度がついているので安心ですよ。よろしかったら、こちらのパンフレットをお持ちください。

主題相關字彙

切手（郵票）
葉書（明信片）
封筒（信封）
ポストカード（明信片）
宛先（收信人）
郵便番号（郵遞區號）

書留（掛號）
小包（包裹）
郵便物（郵件）
航空便（空運）
船便（船運）

😊 超簡單文法！

「AをBに換える」是將A換成B，有時候對話中可能省略其中一個要素。「お金を換える」（要換錢），「日本円に換える」（要換成日幣），不要弄混了喔。類似的動詞還有「乗り換える」（換車），「バスに乗り換える」是換去搭公車，而「バスを乗り換える」，是換掉目前的公車。

不好意思，我想要把台幣換成日幣。
すみません。台湾元を日本円に換えていただきたいんですが。

是。請在這張單子上的粗框內，填入必要資料。（銀行職員）
かしこまりました。こちらの用紙の太枠内に必要事項をご記入ください。

好。這樣可以嗎？
はい。これでよろしいですか。

好的。手續費是一白元，要從這裡扣掉嗎？
はい。手数料に100元かかりますが、こちらからお引きになりますか。

不，我另外付。
いえ、別に払います。

那麼，今天的日幣匯率是三點二九，加上手續費，總計是這樣子。
では、本日の日本円の為替レートは 3.29 になりますので、手数料を入れますと合計でこちらになります。

嗯。那就麻煩妳了。
はい。じゃ、お願いします。

現在立刻為您辦手續，請稍等一下。
ただ今、お手続きをいたしますので、少々お待ちくださいませ。

主題相關字彙

引き出し（提款）	通帳記帳（補摺）
預け入れ（存款）	住宅ローン（房屋貸款）
振込み（匯款）	インターネットバンキング（網路銀行）
残高照会（餘額查詢）	キャッシュカード（提款卡）
定期預金（定存）	クレジットカード（信用卡）
外貨預金（外幣存款）	口座引き落とし（帳戶轉帳扣款）
金利（利息）	デビットカード（電子錢包；購物時直接從帳戶扣款）

出國

通路側で、出口の近くにしていただけますか。

お客様、お座席は窓側と通路側、いかがいたしますか。

😊 超簡單文法！

　　「いたします」是「謙讓語」，在對話中將自己的動作改成謙讓語，是表示對聽話者的尊敬。所以在這裡做這個動作的人是地勤人員，表示為「いかがいたしますか」（我要怎麼做呢）。但如果改成「いかがなさいますか」，「なさいます」是「尊敬語」，是必須尊敬聽者的動作，因此會變成「您要怎麼做呢」。

請問您的座位，要幫您選靠窗還是靠走道？（航空公司地勤人員）
お客様、お座席は窓側と通路側、いかがいたしますか。

靠走道，可以幫我選靠近出口的嗎？
通路側で、出口の近くにしていただけますか。

對不起。不巧出入口附近的走道座位都滿了。如果是靠窗的中間座位，還可以幫您安排。
申し訳ありません。あいにく搭乗口付近の通路側はいっぱいになっております。窓側真ん中席でしたらご用意できますが。

那，後面也沒關係，我要靠走道的，麻煩妳。
じゃ、後ろの方でも構いませんので通路側でお願いします。

知道了。請問您有要托運的行李嗎？
かしこまりました。お客様、お預けになるお荷物はございますでしょうか。

不，沒有。
いいえ、ありません。

這是機票。出發在B6登機門，搭機時間是15:30分。
こちらが航空券でございます。ご出発ゲートはB6で搭乗時間は15時30分でございます。

好。謝謝妳了。
はい。ありがとうございました。

🐾 主題相關字彙

空席待ち（後補機位）　　　　　チケット＝航空券（機票）
出国手続き（出國手續）　　　　ボーディングパス＝搭乗券（登機證）
入国手続き（入境手續）　　　　パスポート（護照）
手荷物検査（手提行李檢查）　　手荷物引換証（手提行李寄物證）
税関（海關）　　　　　　　　　出発ロビー（出境大廳）
検疫（檢疫）　　　　　　　　　到着ロビー（入境大廳）
免税店（免稅商店）　　　　　　乗り継ぎ（轉機）
搭乗口（登機門）　　　　　　　チェックイン＝搭乗手続き（登機手續）

感冒

ちょっと口を開けてください。

はい。

😃 超簡單文法！

「ちょっと」是副詞，最常用的是表示程度或份量只有一點點，例如「テストは
ちょっと難しかった」（考試有一點難）。這裡則表示以一種較為輕鬆的態度來
做某個動作，中文裡也有類似的說法，「我去那裡一下」（ちょっとあそこま
で）。而「ちょっと」也有「非常」的意思，例如「ちょっと名の知れた作家」
（頗具知名的作家）。

前天晚上開始發燒，身體好累。

一昨日の晩から熱が出て、体がすごくだるいんです。

有咳嗽嗎？（醫生）

咳は出ますか。

沒有，沒怎麼咳嗽。

いいえ、あまり出ません。

請把嘴巴張開。

ちょっと口を開けてください。

好。

はい。

是流行感冒喔。

インフルエンザですね。

這樣子。嗯，我明天有個很重要的會議，一定要去公司……

わかりました。あの、明日大切な会議があるので、どうしても会社へ行かないといけないんですが。

不可以喔。在家裡休息兩三天比較好喔。

駄目ですよ。2、3日は家で休んだほうがいいですよ。

主題相關字彙

熱がある（發燒）
熱が上がる（發燒）
熱が下がる（退燒）
喉が痛い（喉嚨痛）
頭痛がする（頭痛）
悪寒がする（發冷）

体がだるい（身體疲勞）
やけどをする（燒燙傷）
アレルギーがある（會過敏）
副作用がある（有副作用）
点滴をする（打點滴）

算命

超簡單文法！

「で」在這裡是指「範圍」之意。例如「スポーツで野球が一番好きだ」（在運動這個範圍內，最喜歡棒球）。此外，「評判」在此不只是單純的批評，而是含有高評價的正面意義，是名詞也是な形容詞，例如「評判な映画」（受關注的知名電影）。

參觀完寺廟，想請你陪我去個地方。
お寺でお参りし終わったら、ちょっと付き合ってもらいたいところがあるんですけど。

好啊。哪裡呢？
いいですよ。どこですか。

我想去這間廟附近的算命店。
このお寺の近くにある占いのお店へ行きたいんです。

算命？準嗎？
占い？当たるんですか。

同事們都說很準，給予高評價喔。
同僚の中では当たるって評判ですよ。

用什麼算的呢？
何の占いなんですか。

事實上，我也不太清楚。聽說是看生辰八字。
実は、私もよく分からないんです。生年月日でみるそうですよ。

啊，我想算算戀愛運耶！
あ、恋愛運を占ってもらいたいんですね！

換個方式說說看
同僚の中では当たるって評判ですよ。
→同僚の間ではよく当たるって言われているんですよ。（同事們都說很準耶！）

主題相關字彙

お参りする（拜拜）	小吉（小吉）	お賽銭（香油錢）
お願いする（請願）	凶（凶）	手相（手相）
おみくじを引く（抽籤）	大凶（大凶）	人相（面相）
大吉（大吉）	お守り（護身符）	星座占い（占星）
中吉（中吉）	お札（符令）	

 麻煩幫我剪髮和染髮。

カットとカラーをお願いします。

 要剪多少呢？（美髮師）

カットはどのぐらい切りますか。

 因為我想要留長，請稍微修一下就好了。

伸ばしたいので、揃える程度でお願いします。

 要改變髮型嗎？

ヘアスタイルは変えますか。

 我滿喜歡這個樣子的，請不要改太多。

これが気に入っているので、あまり大きく変えないで
ください。

 染髮的顏色要怎麼樣的呢？

カラーの色はどうしましょうか。

 就交給你吧。啊，可以的話，麻煩幫我弄成帶有秋天的味道。

お任せします。あ、できれば秋っぽいイメージで
お願いします。

 知道了。

わかりました。

🐌 **主題相關字彙**

パーマをかける（燙頭髮）	エレガントな（典雅的）
ストレート（直髮）	カジュアルな（休閒的）
レイヤー（層次）	ヘアスタイル＝髪型（髮型）
ロング（長髮）	白髪（白頭髮）
セミロング（中長髮）	ストレートパーマ（燙直）
ショート（短髮）	くせっ毛＝くせ毛（自然捲）
髪を伸ばす（留頭髮）	イメチェンする（藉著改變髮型來
大人っぽい（成熟味的）	改變形象）

芳香精油

これは何に効くんですか？

えーっ、ここには気分をリラックスさせるって書いてありますね。

😊 超簡單文法！

「に」表示「目的」，最常用的是「場所へ+動作目的に+行く」的句型。而「名詞＋に」或「動詞＋の＋に」也可以表示目的，後面多接「使う」（使用）、「用いる」（用）等關於使用的字彙，或是「いい」（好的）、「便利」（方便）等關於評價的字彙。例如「このはさみは花を切るのに使う」（這剪刀用於剪花）、「体にいい」（對身體好）。

芳香療法可以紓壓喔。
アロマテラピーって癒されるんですよ。

現在很流行的芳療嗎？
今はやりの癒しですか。

嗯。可以紓緩壓力或疲勞喔。但根據精油的種類不同，特性也不一樣呢。
ええ。ストレスや疲れを緩和させてくれますよ。
オイルによって特性は違うんですけどね。

咦～是這樣啊！
へー、そうなんですか。

是啊。我喜歡這個茉莉精油的香味。你覺得如何？
ええ。このジャスミンの精油の香りが気に入り
ました。どうですか。

很香的味道啊。這個對什麼有效呢？
いい匂いですね。これは何に効くんですか。

嗯～，這裡寫著可以放鬆心情。詳細的內容要問看店員。
えーっ、ここには気分をリラックスさせるって書いて
ありますね。詳しいことは店員さんに聞いてみます。

店員現在好像還沒空呢。
店員さん、まだ手が空かないようですね。

主題相關字彙

アロマテラピー（芳療香法；英文）
アロマセラピー（芳療香法；法文）
精油＝エッセンシャルオイル（精油）
ブレンドする（調配）
癒し＝ヒーリグ（療癒）
ヒーリグ効果がある（有療癒效果）
エステに行く（去沙龍美容）
スパ（SPA）

精油相關字彙

ローズ（玫瑰）
ラベンダー（薰衣草）
ティーツリー（茶樹）
ゼラニウム（天竺葵）
ネロリ（橙花油）
カモミール（洋柑橘）
ローズマリー（迷迭香）
ユーカリ（尤加利）
マージョラム（馬鬱蘭）

國家圖書館出版品預行編目(CIP)資料

全圖解！日語會話口說便利本 / 菜菜子,第二外語發
展語研中心著. -- 初版. -- 新北市 : 華文網, 2017.08
面；　公分. -- (日語通 ; 25)
ISBN 978-986-271-774-5(平裝附光碟片)

1.日語　2.會話

803.188　　　　　　　　　　　　　　　106008549

知識工場・日語通25

全圖解！日語會話口說便利本

出版者 / 全球華文聯合出版平台・知識工場
作　　者 / 菜菜子、第二外語發展語研中心　　印 行 者 / 知識工場
出版總監 / 王寶玲　　　　　　　　　　　　　文字編輯 / 蔡靜怡
總 編 輯 / 歐綾纖　　　　　　　　　　　　　美術設計 / Mary

本書採減碳印製流程
並使用優質中性紙
（Acid & Alkali Free）
最符環保需求。

郵撥帳號 / 50017206 采舍國際有限公司（郵撥購買，請另付一成郵資）
台灣出版中心 / 新北市中和區中山路 2 段 366 巷 10 號 10 樓
電　　話 / (02) 2248-7896
傳　　真 / (02) 2248-7758
I S B N　978-986 -271- 774-5
出版年度 / 2017 年8月

全球華文國際市場總代理 / 采舍國際
地　　址 / 新北市中和區中山路 2 段 366 巷 10 號 3 樓
電　　話 / (02) 8245-8786
傳　　真 / (02) 8245-8718

全系列書系特約展示門市
新絲路網路書店
地　　址 / 新北市中和區中山路 2 段 366 巷 10 號 10 樓
電　　話 / (02) 8245-9896
網　　址 / www.silkbook.com

線上 pbook&ebook 總代理 / 全球華文聯合出版平台
地　　　址 / 新北市中和區中山路 2 段 366 巷 10 號 10 樓
主題討論區 / http://www.silkbook.com/bookclub　　◆ 新絲路讀書會
紙本書平台 / http://www.book4u.com.tw　　　　　◆ 華文網網路書店
瀏覽電子書 / http://www.book4u.com.tw　　　　　◆ 華文電子書中心
電子書下載 / http://www.book4u.com.tw　　　　　◆ 電子書中心 (Acrobat Reader)

本書為日語名師及出版社編輯小組精心編著覆核，如仍有疏漏，請各位先進不吝指正。來函請寄
iris@mail.book4u.com.tw，若經查證無誤，我們將有精美小禮物贈送！